www.mayabook.co.kr

www.mayabook.co.kr

www.mayabook.co.kr

www.mayabook.co.kr

동칠,
이계정착기 ❻ (완결)

지은이 | 가이하
펴낸이 | 권순남
펴낸곳 | (주)마야 · 마루출판사

등록 | 2008. 1. 7(제310-2008-00001호)

초판 인쇄 | 2009. 12. 9
초판 발행 | 2009. 12. 14

주소 | 서울시 노원구 상계 1동 1049-25 신영산업 BD 602호
대표전화 | 02-2091-0291
팩스 | 02-2091-0290
이메일 | marubooks@hanmail.net

ISBN | 978-89-5974-613-2(세트) / 978-89-5974-824-2
정가 | 8,000원

잘못된 책은 교환하여 드립니다.
저자와 협의하여 인지를 붙이지 않습니다.

동칠, 이계 정착기

6

가이하 퓨전 판타지 장편소설
MAYA&MARU FUSION FANTASY STORY

마루&마야

목차

제1장. 밀려드는 암운 …007
제2장. 엇나가는 동칠교 …025
제3장. 마잔베르크와의 재회 …047
제4장. 새우의 비밀 …069
제5장. 동칠교의 신이 등장하다 …099
제6장. 혼돈 …121
제7장. 마물들과의 사투 …147
제8장. 암흑 골렘과의 일전 …179
제9장. 교화 …199
제10장. 결전 임박 …225
제11장. 마왕 바이돈크라우스의 위용 …247
제12장. 그랜드마스터들 …273
제13장. 거친 생명체들 …289
제14장. 채워지는 빈자리 …315

동칠, 이제 정착기

봉두난발에 걸레 쪼가리라 일컬어도 좋을 옷.
오랜 기간 양치도 하지 못해 누렇게 변한 치아에 꾀죄죄한 몰골은 거지 중에서도 상거지였다.
그 지위라도 격상시켜 주려는지 꼬여든 파리들은 웽웽거리며 한시도 그의 곁에서 떠날 줄을 몰랐다.
작금 동준은 그렇게 변해 있었다.
"빌… 어먹을 세상."
누구도 그를 측은히 여기지 않았고, 도와주려 하지 않았다.
어딜 가나 똑같았다.
어쩌면 이방인에겐 그것이 당연한 처우였을지 모른다.

그러나 이 세상 사람들의 무관심과 냉대는 동준에게 증오를 품게 만들었다.

이런 비참한 삶이라면 죽는 게 나을 거라 생각했다. 더불어 이런 세상 따위 어떻게 되건 상관없었다.

노숙자라도 좋으니 예전의 삶으로 돌아가고픈 생각만 굴뚝같았다.

누구도 받아주지 않아 정처 없이 떠돌던 그는 한 지점에 당도하며 우뚝 걸음을 멈췄다.

생사의 경계라도 되는 듯한 검은 장막이 저 멀리 펼쳐져 있다. 그에 호기심이 아니 들 수가 없었다.

"……."

말도 잊고 한참이나 바라만 보았지만, 머릿속으로는 바쁘게 추리가 펼쳐졌다.

'어떻게 저런 현상이… 어떤 구분선인가? 아니면 세상의 끝? 그것도 아니면 혹시 저 너머가 우리 세상과 이어지는 곳이 아닐까?'

생각은 거기까지 미쳤다.

엉망이 돼버린 인생, 밑바닥까지 내려왔으니 더 이상 망가질 것도 없었다.

지금 죽는다 한들 회한도 없다.

서울로 돌아가지 못하고 이렇게 거지로 살아갈 바에야 차라리 삶을 끝내는 게 나을지도 모른다고 생각했다.

한편으로는 기대 심리도 강하게 작용했다.
꿀꺽.
침이 목구멍으로 한 덩이나 넘어갔다.
'어차피 이렇게 된 거, 이판사판이다.'
그렇게 두려움을 떨쳐 버리고서 동준은 미지의 장막을 향해 서서히 다가가기 시작했다.

❋ ❋ ❋

페라쿠스는 그대로 현관문으로 나가 멀뚱멀뚱 서 있던 오크를 자욱한 먼지가 일도록 흠씬 두들겼다.
투타탁. 퍼퍽.
아무리 페라쿠스가 그 본신의 힘을 숨기고 있다고는 하나, 하찮은 오크 따위를 패는 데 무리 될 것은 없었다.
페라쿠스의 주먹은 돌덩이 같았고, 발은 쇠붙이 같아 급작스레 가해지는 구타에 오크는 실처럼 여린 비명을 질러댔다.
"꾸익, 꾸이익……."
타격음과 다 죽어가는 오크의 신음 소리가 고스란히 현관문 안으로 전해지고 있다.
오크를 패는 것도 좋지만, 다른 사람들도 식사할 자리에서 버젓이 보고 있는데 저 무슨 행악질이란 말이던가!

페라쿠스가 오크를 못마땅하게 생각하는 것처럼 바르체와 일리얀도 페라쿠스의 그런 태도를 곱게 봐주기가 힘이 들었다.

자신들을 안중에도 두고 있지 않질 않은가.

자신들이 누구인가?

대크루거 제국의 궁정 수석 마법사요, 제국의 3대 기사단 중 하나인 노바 기사단의 기사단장이다.

어딜 가나 떠받들듯 하는 위신이 여기서 깎여서는 안 된다. 적어도 저러한 민폐는 자신들이 자리하고 있지 않을 때나 부려야 했다.

그러니 당연히 대마법사와 부기사단장이 팔을 걷어붙이고 나서서 저 안하무인인 사내에게 주의를 주어야 할 때였다.

상전의 기분을 헤아리는 것도 아랫것들의 도리니까 말이다.

그러나 일리얀 휘하의 대마법사 슐터도, 바르체 휘하의 부기사단장 롯테도 슬금슬금 눈치만 살피고 있다.

그것도 자신들이 아닌, 현관문 앞의 페라쿠스와 그와 함께 앉아 있던 테이블의 사내를 의식하면서!

일리얀은 혹, 슐터가 자신의 기분을 못 읽고 있는 게 아닌가 싶어 헛기침을 함으로써 심기가 불편함을 내색했다.

"크흠."

그에 슐터는 난감함을 떨칠 수가 없었다.

저들의 정체를 밝히자니 걷잡을 수 없을 파란이 예상되고, 일리얀의 뜻을 따르자니 이 자리가 위태로워질 것은 자명하다.

슐터가 이러지도 저러지도 못하고 있는 사이, 눈알이 뒤집혀 오크를 밟아대던 페라쿠스를 종업원들이 한사코 말렸다.

'끄르르, 꽉꽉.' 이 한 소리 했다는 이유만으로 불쌍할 정도로 두들겨 터진 오크는 바로 칸타르가 보낸 오크였던 것이다.

"저희와 거래를 하는 오크입니다. 심기가 불편하셨다면 조용히 하라고 주의를 주겠습니다. 면발이 불면 자장면은 맛이 없습니다. 더 불기 전에 어서 식사를 하시는 게……."

피로 떡이 된 오크에게 더 볼일은 없는지 그제야 페라쿠스는 제자리로 돌아가 식사를 계속했다.

곧이어 데몬이 포션을 들고 와 오크의 상처 부위에 고루 발라주었다. 그리고는 맺힌 오해를 풀고자 한쪽으로 데리고 갔다.

페라쿠스의 정체를 데몬으로부터 전해들은 오크는 눈이 휘둥그레지더니 자장면도 안 받고는 허둥지둥 도망치려 했고, 데몬은 그런 오크를 안정시키고자 오크어로 부단히 떠들어대야만 했다.

밖이 크게 소란스럽지 않았지만 식당 안에 불쾌함은 잔재했다.

일리얀과 바르체로부터다.

후루룩, 짭짭.

고까운 시선으로 페라쿠스를 보던 바르체가 그의 입이 내는 소리를 꼬투리 삼아 비난했다.

"식사 예절도 없는 자로군."

그 한마디에 게걸스럽던 소리가 멈췄다.

테이블에 젓가락이 놓아졌고, 포악한 시선이 바르체에게 날아들었다.

바르체 또한 제국을 받치는 기둥과도 같아서 페라쿠스의 위협에 코웃음을 치며 살며시 눈을 내리깔았다.

"잡아먹기라도 할 셈인가?"

그때, 불현듯 바르체와 일리얀은 실내의 공기가 심상찮아짐을 느꼈다.

이글거리는 열기가 페라쿠스의 몸을 에워싸며 그가 앉은 철제 의자를 붉게 달아오르게 만들었는가 하면 손으로부터 푸르스름한 불길이 일어나 테이블 위를 스멀거리며 덮어갔던 것이다.

이러한 이상 현상에도 이브릴은 턱을 괴고 바르체들을 주시했다. 심심한 애도라도 표하는 느낌이랄까.

일리얀이 받은 느낌은 분명 그러했다.

종업원들 또한 당황스러웠다.

하지만 그들보다 더 당황스러운 건 슐터와 롯테였다.

분명히 불똥은 자신들에게도 튈 것이기에.

직감이 지금 진노하고 있는 저 인간 또한 실체가 드래곤임을 인식시켜 주고 있다.

앞서 이브릴의 힘을 실감했던 두 사람이다.

한 마리의 드래곤도 감당하기 힘든 판국에 2마리라면 보나마나 결과는 뻔할 것이다.

경각심이 쭈뼛쭈뼛 곤두섰다.

그때, 폭발적인 기운을 뿜어내며 일어서는 페라쿠스!

그를 막아야겠다는 생각은 슐터와 롯테 둘 모두에게 있었지만, 선뜻 몸이 움직이질 않았다.

코로 스며드는 중화요리의 강렬한 향 때문인지 아니면 주체 못할 긴박감 때문인지 두 사람은 침을 꿀꺽 삼켰다.

그리고 바르체는 문득 자신의 손이 검갑에 가 있다는 것을 깨달았다.

페라쿠스가 적의를 드러냄으로써 생긴 현상이었다. 그 스스로가 본능적으로 위험을 감지하고 있음이다.

'모를 일이로군. 내 손에 검을 쥐게 하다니……. 저자가 그 정도로 위험하다는 말인가?'

옆에서 페라쿠스의 마나를 스캔해보던 일리야도 경악을 금치 못하는 중이었다.

'이럴 수가! 도대체 저자는 어느 정도의 마나를 가지고 있다는 말인가?'

확실한 건, 지금 감지된 마나만 해도 바르체가 수십 년의 세월 동안 체내에 축적한 마나의 양을 넘어섰다는 것이었다.

남들의 시선을 의식해서 일리얀은 통신 마법을 이용해 페라쿠스에게 물었다.

[귀하는 누구시오?]

곧 일리얀의 뇌리로 페라쿠스의 곱지 않은 의사가 전달되었다.

-미개한 놈 따위가 이 몸이 뉘신지 알아서 무엇하려고!

거만하기 짝이 없는 말이었지만, 그에는 거역할 수 없는 힘이 녹아 있었다.

그가 어떤 존재인지를 일리얀은 유추해볼 여유도 없었다. 대노한 페라쿠스는 당장에 손을 쓸 기색이었기 때문이다.

당장에 바르체를 도와야 했건만, 경직된 몸은 좀처럼 추스르기가 힘이 들어 속만 바싹바싹 타들어갔다.

페라쿠스의 손바닥에 자리한 열기는 소용돌이처럼 회전하며 화력을 배가시키는 중이었고, 바르체도 여차하면 그에게 파고들 심산이었다.

긴장이 폭발하려는 때 둘 사이를 스쳐 지나가는 사람이 있었으니, 바로 동칠이었다.

상황을 아는지 모르는지 동칠은 앞치마를 걷으며 너무도 태연하게 일리얀의 테이블로 걸어가 물었다.

"맛이 어때요?"

묻고 나서 테이블을 쓸어 보니 음식이 그대로라, 의문을 제기했다.

"어라? 한 젓가락도 안 드셨네? 먹는 법 안 가르쳐 줬어요?"

슐터와 롯테는 동칠의 질문에 차마 대답할 수 없었다.

그사이 위협이 걷힌 걸 느낀 바르체가 신경질적으로 자리를 박차고 일어서 나가버렸고, 그 뒤를 이어 일리얀이 도망치듯 와룡반점을 빠져나갔다.

상전들이 가는 마당에 어찌 자리에 앉아 식사를 계속할 수 있겠는가.

마땅히 슐터와 롯테도 그들의 뒤를 따랐다.

동칠은 영문을 몰라 하며 그런 그들의 뒷모습과 가게 안을 번갈아 보았다.

그러나 정작 문제를 일으킨 장본인인 페라쿠스는 아무 일도 없었다는 양 태연자약했고, 주변인들 모두 모르쇠로 일관하고 있었다.

"에이, 원래 시간이 지나면 불어버리는데……."

누구도 입을 열지 않았기에 동칠은 당연히 그것 말고는 이렇다 할 원인을 파악할 수 없었다.

※　※　※

대륙의 서북단 아스마엘.

이곳 또한 크루거 제국의 영토로 외부의 침입에 대비한 병력엔 허술함이 없었다.

엮어 만든 목책들은 반경 수십 킬로미터에 이르렀고, 일정한 간격으로 튼튼한 초소가 자리했다.

군율 또한 엄격했기에 초소 안의 병사들은 잠시도 한눈을 팔 수가 없었다.

"어째 오늘 날씨가 으스스한데~ 꼭 무슨 일이라도 벌어질 것 같잖아."

"그거 웃으라고 하는 얘기인가? 자넨 발령 난 지 얼마 되지 않아서 모르겠지만 여기는 외세로부터 단 한 번의 침입도 받은 적이 없다고. 우리 크루거 제국을 등질 만큼 용기 있는 자들은 근방에 없어."

먼저 말을 꺼냈던 왼쪽의 병사는 자신의 걱정이 기우였음을 깨닫고 멋쩍게 웃으며 불안을 떨쳐 냈다.

동료의 말은 결코 허황된 소리가 아니었다.

크루거 제국의 군사력이 대륙 최고임이 입증된 이래, 대륙의 강자라는 이들도 후환이 두려워 설설 기지 않았던가.

하물며 이런 변방에 무슨 위협이 있을쏘냐.

자신도 크루거 제국의 일원임을 자각한 병사는 그 이름 석 자에 커다란 자부심을 느끼며 다소 움츠러들었던 어깨를 쭉 폈다.

그로부터 수 초 후……

짙은 검은 안개가 지면을 덮고 스산하게 밀려왔다.

그것은 껄끄러움과 의아함을 안겨 주는 동시에 현실과의 괴리감마저 불러일으켰다.

왼쪽의 병사가 다가오는 안개를 가리키며 물었다.

"저건 자연현상인가?"

"글쎄, 나도 처음 보는 현상이군."

두 병사가 사뭇 진지하게 그 광경을 지켜보던 가운데 오른쪽의 병사가 미간을 잔뜩 좁히며 나지막이 중얼거렸다.

"사람이 있다……"

기이하게도 검은 안개는 그가 발견한 사람에겐 닿지 않았다.

주위엔 아랑곳 않고 의문의 단지를 신주 모시듯 두 손으로 받쳐 들고 다가오는 중년인!

두 병사의 시선이 그에게 고정되어 있다가 서로 얽혔다.

"왠지 기분 나쁜데?"

그사이에도 검은 안개는 무서운 속도로 다가왔고, 급기야 목책들과 맞닿았다.

이들이 뿔 나팔을 불어야 하는지 말아야 하는지의 판단이 서기도 전의 일이었다.

스스스.

굳건한 목책들이 하단부터 가루로 변하며 수수깡처럼 무

너지기 시작했다.

 그 모습을 본 초소를 지키던 두 병사의 얼굴이 급격히 굳어갔다.

 그저 안개 정도로 오인했던 것이 잘못이었다.

 뿔 나팔을 불어야 했지만, 초소가 쓰러지고 있는 와중에 할 수 있는 일이라고는 비명을 지르는 것뿐이었다.

 "으아악!"
 "살려 줘!"

 예기치 못한 상황에 도처에서 아스마엘을 지키는 병력들이 몰려왔다.

 "막아라!"

 위급함을 담고 있는 목소리가 터졌지만 대다수는 전례 없는 경우에 어떻게 대처해야 좋을지를 몰라 갈팡질팡했고, 명령 한마디에 용기 내어 달려 나가던 병사들은 삽시에 안개에 뒤덮였다.

 사람의 육신이라고 한들, 목책과 다를 바 없었다.

 살점이 떨어져 버린 육신이 뼈만 남고 다시 가루가 되는 데까지는 불과 수 초도 걸리지 않았다.

 접근이 용이하지 않자 궁수 부대가 검은 안개를 향해 화살을 잰 채 줄을 섰고, 곧 궁수대장으로부터 신호가 떨어졌다.

 "쏴라!"

 픽! 피피픽! 피픽!

수십 발의 화살이 안개를 덮쳤지만 소용없었다.

다가오는 안개를 염려하며 궁수대가 물러섰고, 차례를 기다리며 뒤쪽에 대기하고 있던 창병들이 창을 꼬나 쥔 채 버티고 서서 눈을 번뜩였다.

"투창!"

명령에 따라 창들이 허공을 날며 대기를 찢는 파공음이 한층 진해졌다.

훅. 수수숙.

하지만 제법 무거운 창이라 한들 매한가지였다.

오히려 안개는 성이 난 듯 창들을 집어삼키며 순간적으로 속도를 올렸다.

카가각.

이번에는 온몸에 철갑을 두르고 철갑 투구까지 꾹 눌러쓴 중보병들이 방패를 앞세운 채 접근을 시도했다.

무언가를 발견했는지 일부의 중보병들은 안개에다 대고 검을 휘둘렀다.

그러나 그 탄탄한 철갑조차도 녹이 슬기 시작하면서 떨어져 나갔다.

이를 아는지 모르는지 중보병들은 방패를 내세우고 검을 휘두르는 데만 정신이 팔려 있었다.

그러다 중보병들 사이에서 처음으로 끔찍한 비명이 터졌다.

"끄아아아~"

안개가 철갑을 부식시킨 것으로 모자라 중보병을 죽음으로 내몬 것이다.

그의 죽음은 다른 중보병들에게 서로를 돌아보는 계기를 만들어주었다.

자신의 신체를 지켜 주리라고 생각했던 철갑들은 너덜너덜해져 있었다.

"퇴각!"

다급해진 누군가의 외침으로 중보병들은 앞다투어 달아나기 시작했다. 등 뒤에서 다른 중보병들의 단발마가 끊임없이 이어졌지만 누구도 뒤를 돌아볼 수 없었다.

그렇게 사력을 다한 도주였음에도 단 한 명의 중보병만이 피범벅이 되어 살아 돌아왔다.

이미 몸을 가눌 수도 없을 지경이 된 그는 한 기사의 지휘 아래 후방으로 옮겨졌다.

남은 자들은 경악을 금치 못했다.

어떻게 사람이 저리 쉽게 죽는단 말인가.

목재와 석재, 철을 포함한 주변 모든 것이 병사들과 더불어 먼지로 변해 사라져 가고 있었다.

공황 상태에 빠진 병사들 사이에선 분열이 일어나며 사방으로 흩어졌다. 아무리 용맹한 제국의 군대라 해도 정체조차 모를 적에 대항할 수는 없는 것이다.

사정이 이렇다 보니 각 부대를 지휘하는 지휘관들만 급해졌다.

"뭣들 하느냐! 막아라! 막으란 말이다!"

그러나 목이 터져라 소리치는 지휘관들 또한 그 일이 무의미하다는 걸 알고 있었다.

더러 영특한 병사들은 부피가 큰 짐차들을 끌고 와 검은 안개가 밀려오는 앞쪽에 방벽을 세웠지만, 그조차 많은 시간을 벌어주지 못했다.

이즈음 아스마엘을 지키는 자들의 시선을 사로잡는 대상이 있었으니, 바로 안개 중심에서 의문의 단지를 들고 뚜벅뚜벅 걸어오는 흑발의 중년인이었다.

분명 사람이었으되 그의 눈은 뭔가에 홀린 듯 흰자위만 드러내고 있었으며, 벌려진 입으로는 회백색의 연기가 흘러나와 괴기스럽기 짝이 없었다.

문제는 단지였다.

병사들이 죽어갈 때마다 그 육신에서 흐릿하게 원혼들이 빠져나와 저 단지 안으로 스며들고 있던 것이다.

한 지휘관이 그 점을 눈여겨보다가 목청껏 소리쳤다.

"단지를 든 저자를 노려라!"

곧바로 원거리 무기들로 집중포화가 쏟아졌지만, 안개에 삼켜져 그의 몸엔 전혀 닿질 않았다.

보다 멀리서 사태를 관망하던 아스마엘의 군주는 자신의

애마에 탄 채 어금니를 꽉 깨물었다.
 '어떻게든 상부에 이 일을 알려야 한다.'
 그가 말머리를 돌리는 순간, 어느 지휘관으로부터 큰 음성이 터졌다.
 "전원 산개하여 퇴각하라!"
 그토록 기다리던 명령이었다.
 병사들이 일제히 도망치는 가운데, 검은 안개는 넘실거리는 파도처럼 계속해서 밀려들었다.

"형, 일어나! 형!"

기상 시간은 아직 멀었지만 다급함에 동칠을 흔들었다.

소변이 마려워 화장실을 다녀오고 이상한 기분에 현관 밖을 바라보았더니 세상이 변해 있었다.

여기는 안국동이 아니었다.

주변의 모든 건물이 사라졌다. 그리고 그 자리에는 수십, 아니 수백 년은 살았을 법한 거목들이 울창하게 들어서 있었다.

하루아침에 이런 일이 일어난다는 것은 말도 되지 않는다.

두려움이 앞을 가렸기에 일단 동칠부터 깨워 묻고자 했으나, 아무리 흔들어도 동칠은 깨어나기는커녕 미동도 않았다.

'주… 죽은 거야?'

불쑥 그런 생각이 들었다. 경황이 없던 까닭이었다.

꼭 가위에 눌린 기분이다. 꼭, 죽은 듯 쓰러진 동칠 형이 갑자기 일어나 목을 조를지도 모른다는 불안함이 엄습했다.

이대로라면 두려움에 질식할수도 있다는 생각이 들어 무턱대고 밖으로 빠져나왔다.

꿈이건 생시이건 위험 지역을 벗어나려는 생각을 품는 건 누구나 마찬가지일 것이다.

다행히 오토바이가 있었다.

키를 돌리니 즉시 시동이 걸렸다. 천만다행이었다.

부앙.

시동 손잡이를 당겨 앞으로 나가면서 가만히 생각해보니 참으로 이상한 기분이 들었다.

여기까지는 분명 기억에 남아 있었기 때문이다.

'맞아. 난 이 길로 도망을 치다가 알카에르 산적단에 잡혔었잖아.'

순간 이상야릇한 일이 벌어졌다.

시동이 꺼지지도 않았는데 오토바이가 우뚝 멈춰 서더니, 방에서 누워 있어야 할 동칠이 느닷없이 앞에 나타나 섬뜩한 눈초리로 노려보는 게 아닌가!

'이… 이건 말도 안 돼!'

"안 돼!"

삼식은 소스라치게 놀라며 상체를 일으켰다. 그의 이마에서는 식은땀이 비 오듯 흘렀다.

제자의 파랗게 질려 있는 안색을 보며 이반이 낮은 음성으로 달래듯 물었다.

"악몽이라도 꾼 게냐?"

눈을 마주치지 않고 삼식은 반사적으로 고개를 돌렸다.

"아, 아니야. 아무것도……."

어쩐지 말하기를 꺼려하는 눈치 같아 이반도 구태여 캐묻지 않고서 다시금 묵고 있는 여관방의 창밖으로 눈을 돌렸다.

쏴아아아-

비바람이 사납게도 몰아치고 있었다.

이반의 이마에 골이 깊게 패였다.

'벌써 그녀가 말한 일 년이 다 되어가는군.'

일전에 바트리어스는 삼식에게 수련을 게을리 하면 그 시간 안에 죽게 될 것이라고 했다.

이는 삼식도 잘 알고 있는 바일 것이다.

그러나 어떤 식으로 삼식이 위협에 처해지는지에 관해선 당사자인 삼식도, 그리고 이반 자신도 몰랐다.

그에 날이 갈수록 초조함은 더해졌다.

삼식이야 무패의 싸움으로 자신감이 충만해 있다지만, 이반은 그렇지 못했다.

그는 세상을 너무 잘 아는 것이다.

강자가 있으면 세상 어딘가에는 더한 강자가 존재한다.

하물며 상대해야 할 적이 마계를 다스리는 마왕이니 그 걱정이 오죽하랴.

그것이 바로 삼식이 인간의 한계를 뛰어넘었다 한들 이반이 안심할 수 없는 이유였다.

제자의 죽음은 곧 자신의 죽음과 직결될 것이다.

수명을 다 채우지 못하고 세상을 하직하는 것도 착잡할 테지만, 그보다 더 걱정이 되는 건 인류의 멸망이었다.

창밖으로는 이 날씨 속에서도 손수레를 끌고 가는 늙수레한 부부가 보였다.

얼핏 보기에도 부유한 쪽보다는 궁핍한 쪽에 가까웠지만, 그들의 얼굴에는 자그마한 행복이 맺혀 있어 이반을 절로 미소 짓게 만들었다.

'과연 삼식이 저 녀석이 그놈으로부터 이 세상을 구할 수 있을까?'

벌써 수백 번도 더 했던 생각이었다.

물론 사정이 여의치 않다면 이반은 삼식에게로의 빙의를 통해 언제든 가담할 작정이었다.

그럼에도 마음이 놓이지 않는 건 아직 적을 잘 모르기 때문이리라.

달각.

이반의 고뇌가 걷히기도 전에 불현듯 문이 열리며 다섯의 괴인들이 들이닥쳤다.

"저놈이다!"

고성을 터트린 자의 손가락이 삼식을 가리키기가 무섭게 뒤편의 사내들이 흉흉한 병장기를 휴대한 채 차례로 몸을 날렸다.

쾅!

맨 먼저 달려든 자의 검이 삼식이 있던 침대를 무식하게 내리쳤다.

침대는 쪼개졌지만, 삼식은 그 자리를 뜨고 없었다.

움직임을 놓쳐 버린 까닭에 선두로 달려든 괴인은 당황한 기색을 감추지 못하고 연거푸 좌우를 살폈다.

"위다!"

경고성에 놀라 그가 위를 보니 삼식이 등화에 매달려 있었다.

공격할 시간은 충분히 있었지만, 삼식은 그러지 않았다.

"네놈들은 누구냐?"

하지만 대답은 내어주지 않고 괴인들은 차례로 바닥을 박차고 삼식이 매달린 등화로 뛰어올랐다.

콰창!

그들의 공격에 등화가 부서지며 파편들을 뿌려 댔다.

그러나 이번에도 삼식은 잔상만 남기고는 그들의 시야에

서 홀연히 사라지니, 괴인들에겐 경각심이 스쳐 갔다.

'보통 놈이 아니라더니!'

그때, 방 한구석에서 삼식이 불쾌한 음성을 내뱉었다.

"너희들 내가 기분이 안 좋다는 건 알고 있냐? 묻는 말에 순순히 대답을 안 한다면……."

삼식이 뒤이어 뭐라 경고라도 하려던 차에 이반의 입이 슬며시 열렸다.

"동칠교로군."

동칠교.

삼식은 여정을 계속하며 동칠교 신도들과 마찰을 빚었던 적이 있었다. 그리고 그 성미대로 동칠교 신도들을 옴팡지게 두들겨 팼었다.

분명 그때의 경고는 오늘의 일을 암시했던 것이다. 자신들을 건드리면 이 대륙의 모든 동칠교 신도들을 적으로 돌리는 것으로 간주한다고 했으니까.

괴인들은 이반의 말을 부정하지 않았다.

"영감, 제법 눈썰미가 좋군."

그들 스스로 정체를 인정하자, 삼식의 입아귀가 보기 좋게 말려 올라갔다.

"그래, 그 빌어먹을 종교란 말이지?"

작금 삼식에게 동칠이라는 이름은 달갑게 와 닿지가 않았다.

사실 삼식이 여정 중에 동칠교의 신도들을 손보았던 까닭도, 그들이 목에 힘깨나 주고 으스대던 꼴이 마음에 들지 않았던 게 아니라 동칠이라는 이름 자체가 심기에 거슬렸기 때문이다.

그러나 지금 삼식이 분개하여 내뱉은 그 말은 동칠교 신도들에게 적지 않은 반향을 일으켰다.

"우리 종교를 욕하다니 참을 수 없다!"

"네놈이 정녕 죽고 싶은 게로구나!"

발끈하여 성질을 내는 무리들!

삼식은 언젠가 TV에서 보았던 광신도들을 보는 것 같았다.

예상대로 저들에게 참을성은 더 이상 없었다.

저들이 병장기들을 닥치는 대로 휘두르는 바람에 삼식이 묵었던 여관방의 집기들은 사정없이 부서지기 시작했다.

삼식은 날뛰는 무리들을 보며 이죽거렸다.

"미친개들한테는 몽둥이가 약이지."

말이 끝나려는 찰나, 삼식이 자신에게 달려들던 한 신도의 멱살을 빠르게 움켜쥐어 반대편으로 내던졌다.

콰차창.

"으아악!"

유리가 산산이 부서지며 신도가 날아가자 다른 신도들은 삼식에게 더한 적대감을 드러내며 쇄도해왔다.

"이놈!"

삼식은 눈을 빛내며 바로 앞의 신도를 무시하고 지나쳐 뒤쪽의 신도에게 파고들면서 그 면상에다 무쇠 같은 주먹을 내질렀다.

뻑! 꽈당.

자비 없는 주먹에 신도는 안면이 뭉그러지며 나가떨어졌다.

"스승, 괜찮아?"

삼식의 말마따나 지금 쓰러진 신도는 이반을 노리고 있었다.

이반은 삼식이 자신을 걱정해주었다는 게 고마워서 눈물이 날 지경이었지만 내색하지 않고자 따갑게 쏘아붙였다.

"이놈아, 떠들고 있을 시간이 어디 있느냐?"

"흥, 이런 조무래기 따위들을 겁낼까 봐?"

삼식을 습격한 동칠교의 신도들로서는 어이없을 소리였다.

과거 삼식에게 당한 신도들이야 오로지 신앙에만 정진하는 이들이었던 반면에 자신들은 그렇지 않다. 동칠교의 간부들이 굵직한 일들까지 떠맡길 정도로 개개인의 실력이 출중하지 않던가.

그런 자신들을 조무래기라고 폄훼한다. 자존심에 금이 가는 건 둘째 치고 오기가 치밀었다.

"네놈은 얼마나 강한지 보자꾸나! 더 들어와!"

한 신도의 명령에 중무장을 한 신도들이 꾸역꾸역 방 안으로 들어섰고, 삼식은 뒤로 눈을 두지도 않고 팔을 휘둘렀다.

그러자 이때다 생각하며 달려들던 신도가 그 주먹에 얼굴을 갖다 댔다.

빠악!

우지끈!

구석에 비치된 옷장이 급작스레 날아든 신도의 몸무게를 이기지 못하고 박살이 났다.

삼식의 움직임이 빨라짐으로써 신도들은 쉬지 않고 들어왔으나, 멀쩡히 서 있는 신도의 수는 셋을 넘지 못했다.

그럼에도 불구하고 동칠교의 신도들은 포기하지 않았다. 언젠간 삼식이 저 괴물도 지치겠지, 하는 계산이었다.

무대는 점차 넓어졌다. 충격으로 벽에 금이 가고 부서져 방과 방 사이의 경계가 없어졌기 때문이다.

기어이 여관의 지붕이 지독한 소음을 내며 내려앉았다.

와지끈!

삼식과 같은 2층에 묵고 있는 숙박객들은 물론이고, 1층에서 무슨 일인가 싶어 쳐다보던 이들까지 나 살려라 고래고래 소리를 지르며 여관을 빠져나갔다.

그 와중에 한 신도가 삼식의 발길질 한 방에 떠밀려 목재 난간을 부수며 아래층으로 떨어졌다.

쿵. 퉁퉁.

이제 삼식과 이반을 제외하고는 2층에 두 다리로 서 있는 사람은 없었다.

쓰러진 자들로부터 신음성이 끊이지 않는 가운데 삼식은 거만한 눈으로 1층에 옹기종기 모여 있는 자들을 오시했다.

"더 올라오기 겁나냐? 이 몸이 아래로 내려가 줄까?"

저기 한자리에 모여 있는 자들이 십중팔구 동칠교 신도들일 거라 여기고 내뱉은 말이었다.

누구도 감히 나서질 못하는 때, 모자를 깊게 눌러쓴 인물이 창을 올리면서 입가에 흡족한 미소를 걸친 채로 말했다.

"삼식이 너, 오랜만이로구나."

다름 아닌 마잔베르크였다.

※　※　※

황제가 다녀갔다.

역시나 이번에도 그는 새우 요리인 깐쇼새우를 원했다.

동칠은 어쩐지 황제 오테라스의 눈빛이 갈수록 탁해지는 것 같다는 느낌을 받았다. 그러나 그저 요사이 피곤한가 보다 라고 생각하고 말았을 뿐이다.

황제 오테라스는 식사를 마친 이후 황궁으로 입궁했지만, 웬일로 롯테와 슐터가 자리에 남았다.

"두 분, 무슨 걱정 있어요?"

동칠이 보는 대로 두 사람의 얼굴엔 시름이 가득했다.

불현듯 롯테가 땅이 꺼져라 한숨을 쉬었다.

"후우~"

그 행동은 슐터의 눈총을 샀다.

[함구하기로 했잖소!]

통신 마법으로 의사를 전했으니 롯테에게는 들려도 동칠에게는 들리지 않을 말이었다.

그러나 동칠도 눈치가 없는 건 아니었다.

"무슨 일이 있군요. 그렇죠?"

속에 가득 찬 근심을 감춰야 하는 것은 슐터에게도 갑갑한 일이었다.

동칠도 딴에는 섭섭했다.

모처럼 모인 자리가 한 가지 사실을 숨김으로써 어색해지고 있는 것이다.

이는 세 사람 모두가 원치 않는 일이었다.

결국 슐터가 못 이기고 자진해 운을 뗐다.

"그냥 얘기하는 게 나을 것 같구려. 우리가 말 안 한다고 해도 어차피 동칠도 알게 될 사실이고, 알아야 할 사실이니……."

롯테가 고개를 끄덕임으로써 수긍하자 슐터가 말했다.

"사실 말이오. 황제 폐하께서 날로 무서워지신다오."

"무서워진다니요? 그게 무슨 말이죠?"

통 모르겠다는 듯 갸우뚱거리는 동칠을 향해 슐터가 고개를 가로저으며 말을 이어나갔다.

"전에는 지금만 않으셨소. 적어도 진정 황궁을 생각하는 신하의 목을 베지는 않으셨으니……."

충격적인 얘기에 동칠의 눈이 휘둥그레졌다.

"네에?"

슐터의 말은 사실이었다.

날이 갈수록 더해가는 오테라스의 포악함에 황실의 식구들은 두려움에 떨고 있었다.

일부 신하들은 그가 폭군으로 변해가는 것 같아 충언을 올리곤 했는데, 그럴 때마다 오테라스는 그들의 진심 어린 충정을 받아들이지 않고서 외려 죽음으로 내몰았다.

그 모든 원인은 마계의 새우 마모라크스에 있었다.

겉보기에는 새우와 다를 바 없지만, 그것을 섭취하면 할수록 잔악함은 배가 된다.

이는 오테라스 본인조차도 인지 못하고 있던 사항이었다.

동칠은 근래 들어 느낀 게 틀리지 않았음을 직감했다. 그러다 선뜻 짚이는 게 있어 물었다.

"혹시 황국 안팎으로 안 좋은 일이 있나요?"

"우리 제국의 영역인 아스마엘이 함락되었다는 보고가 있었으나, 그건 그 이후의 일이었다오. 황제 폐하께서는 그 전부터……."
 말이 끝나지도 않았는데 동칠이 조급함을 이기지 못하고 재차 물었다.
"그럼 언제부터 그러셨나요?"
"내가 느끼기로는 불과 보름 전부터였소."
 변해가는 오테라스의 성정이 두려워 슐터와 롯테는 황궁으로 돌아가는 걸 꺼려하는 눈치였다.
"어디 피신이라도 가 계실래요?"
 동칠은 진심 걱정이 되어 물었건만, 슐터와 롯테는 씁쓸하게 웃으며 거절했다.
 동칠 자신이 서울과 와룡반점이라는 울타리에서 벗어나지 못했듯, 슐터와 롯테도 황궁이라는 울타리에서 벗어나지 못하는 것이다.
 어렵사리 마음을 굳히고 황궁으로 향하는 두 사람의 발걸음은 천근 같았다.
 짠하게 그 뒷모습을 보고 있는 동칠에게 롯테의 음성이 들려왔다.
"아무쪼록 동칠 당신도 조심하시구려. 황제 폐하께서는 평소 때와는 다르시니 말이오."
 롯테의 충고에 동칠은 마른침을 삼키며 연거푸 고개를 끄덕였다.
 여긴 대한민국이 아닌 이계.

절대 권력을 지닌 황제라면 자신의 목을 베지 못하리라는 법도 없는 것이다.
동칠은 홀로 남아 깊이 사고했다.
보름!
오테라스가 처음 깐쇼새우를 먹은 날부터 2주가 넘었다.
'아니, 정확히 그 무렵이었을 거야.'
실상 새우를 먹고 난폭해진다는 건 동칠의 상식 내에서는 있을 수가 없는 일이었다.
그러나 확인이 필요한 사항이다.
이브릴의 지느러미도 상어 지느러미와 다를 바 없지만, 그것을 섭취하면 끊임없는 성욕을 불러일으키게 한다고 했지 않은가.
이미 그 같은 얘기를 전해들은 후라 동칠이 재료를 의심하는 것도 무리는 아니었다.
'정말 새우가 악영향을 끼친다면 어쩌지?'
비록 황실에 애착을 가지고 있지는 않지만 새우로 인해 괜한 사람들이 피를 보는 건 싫은 동칠이었다.
"아직 확실한 것은 아니다."
동칠은 스스로라도 확인을 해보겠다는 작심을 하고 그 즉시 새우들을 보관해둔 저장고에 들러 2마리의 새우만 가지고 주방으로 향했다.
약간만 맛보고 말 심산인 것이다.

그리하여 하급 정령들에게 숯을 던져 주고 요리를 시작했다.

원체 적은 양이다 보니 요리는 금세 끝이 났다.

곧 선반 위에 그릇을 내려 고작 2마리의 새우로 만든 깐쇼새우를 담아냈다.

한데, 음식을 앞에 두고 동칠은 미적거렸다. 우선은 가야 할 방향을 정해두어야 할 것 같아서였다.

'만약에 이게 원인이라면 어떻게 해야 하지? 버려 버리면 황제가 날 가만둘까?'

가장 걱정되는 부분이었다.

요 근래 들어서 황제가 와룡반점을 찾는 횟수가 부쩍 늘었다.

또한 같은 음식은 좀처럼 입에 대지 않던 그가 깐쇼새우를 찾은 것도 벌써 다섯 번째였다. 그 정도의 음식인 만큼 섣불리 결정을 내릴 수는 없는 일이다.

'뭔가 좋은 핑계거리가 없을까?'

고심하고 고심했지만 동칠의 머릿속에는 딱 한 가지 핑계거리밖에 없었다.

쉬어서 버렸다는 이유가 그것이었다.

그러면 분명 황제는 다시 새우를 구해오라고 할 터였다.

거기까지도 계산이 섰다.

작금 황제는 깐쇼새우를 찾을 때 뭔가 불안해 보이는 것이 꼭 알코올중독과 닮은 구석이 있었다.

만일 그것이 자신의 판단대로 단순한 중독 증세라면 다시 구해오겠다고 한 뒤에 시간을 끌면 되지 않겠는가!

추후, 중독 증세가 걷혀 황제의 성정이 원래대로 돌아가면 그때서야 이실직고하면 된다.

사고가 거기까지 굴러간 데 대해 동칠은 매우 흡족해했다.

"난 천재인가 봐."

마음을 정리하고 막 음식을 입으로 가져가려는 찰나였다.

"동칠 있소?"

"네!"

여행자 길드의 길드장 파논의 목소리에 동칠은 시식을 하려다 멈추고 총총걸음으로 주방을 나갔다.

얼마 지나지 않아 만드라고라가 물동이를 들고 주방 안으로 들어왔다. 황제가 먹은 접시들을 헹굴 물이 부족했기에 손수 길어왔던 것이다.

꼼꼼하게 닦아 설거지를 끝내고 접시들을 정리한 뒤 주방을 나가려던 참이었다.

음식의 부드러운 향기가 그녀의 후각을 자극했다.

호기심이 들어 돌아보았더니 아까 주인이 황제에게 내어줬던 음식이 소량 담겨 있다.

여기서 그녀는 오해를 하고 말았다.

'주인이 날 주려고 만든 걸까?'

실제로 종종 그래왔다.

그래도 당연지사 주인의 허락이 떨어진 뒤 먹어야 한다.

기대감에 들떠 만드라고라는 기다렸다. 어서 빨리 주인이 주방으로 돌아와 '너 먹어라.' 라고 말해주기를 바라면서.

그러나 주인은 좀처럼 돌아올 기미를 보이지 않았고, 더 참기에는 깐쇼새우의 유혹이 너무 컸다.

요리에서 모락모락 피어나던 김이 식고 있다.

한 발을 다가섰고, 잠시 후에 또 한 발을 다가섰다.

음식에 점차 다가설수록 만드라고라는 스스로를 억제하기가 힘이 들었다.

어느덧 음식과의 거리는 팔만 뻗으면 닿을 정도로 좁혀졌다.

돌아보고 또 돌아보기를 수차례.

더 이상의 인내심이 없었기에 그녀는 새우를 덥석 집어먹었다.

오물오물.

만드라고라는 이 요상한 것이 다른 음식들과는 매우 다르다는 걸 느꼈다.

특히나 입안에서 톡톡 터지는 느낌이 일품이었다.

너무나 맛있어서 그녀는 흐뭇해하며 눈을 감았다.

그러나 2마리의 새우는 금세 배 속으로 들어가 버렸고, 즐거움도 끝이 났다.

한편으론 차츰 두려움도 밀려왔다.

설사 배 속의 음식이 만드라고라 자신을 위해 만든 것이라 할지라도 주인의 허락 없이 음식을 먹었다는 걸 알면 분명 잘했다고 칭찬하진 않을 터였다.

그녀는 크고 동그란 눈알을 굴리다가 빠끔히 고개를 내밀어 주방 밖을 내다보았다.

홀에는 아무도 없었지만, 주인이 현관에서 다른 사람과 얘기 중이었다.

깜짝 놀란 입이 저절로 벌어졌다.

마침 오른손이 입을 막아주었으니 망정이지, 하마터면 만드라고라는 저도 모르게 소리를 낼 뻔했다.

일단 주인은 저 자리에서 움직일 것 같지 않아 보였다.

그렇다면 내릴 수 있는 결단은 하나였다. 기척을 죽여 주인 몰래 주방을 빠져나가는 것!

주인을 살피며 사뿐사뿐 걸었다.

그러다 혹 다른 이들이 보는 게 아닐까 싶어 상체를 세우고 태연히 좌우를 돌아보기를 반복했다.

자신의 이러한 행동이 다른 이의 눈에 발각된다면 그의 입을 통해 주인의 귀로 전달될 가능성이 농후하기 때문이다.

만드라고라가 점차 주방과 멀어지는 건 그녀에게 있어 다행한 일인 게 맞았다.

그러나 그녀는 몰랐다.

동칠이 자신의 행동을 매우 수상쩍게 여기며 곁눈질로 흘끔흘끔 쳐다보고 있다는 것을!

확실히 과거의 삼식이 아니었다.
 헤실헤실 웃으며 비위나 맞추려 하던 모습은 온데간데없었고, 바로 앞에서 눈을 똑바로 뜨고 마잔베르크 자신을 당차게 쏘아보는 그가 있었을 뿐이다.
 그 모습이 상당히 건방져 보이기는 했지만 마잔베르크는 오히려 이런 삼식이 마음에 들었다.
 "이제야 어른스러워졌구나."
 전에 없던 살가운 태도였지만, 삼식은 마잔베르크의 낯짝은 물론 그의 말투마저 마뜩찮았다.
 그렇게 삼식이 잔뜩 인상을 구기고 있는데도 불구하고 마잔베르크는 기분도 살펴보지 않고 와락 그를 끌어안았다.

"보고 싶었다, 삼식아."

예전 같았으면 감격했을는지 모른다.

하지만 지금의 삼식은 마잔베르크가 자신을 끌어안는 것 자체가 짜증이라 거칠게 뿌리쳤다.

순간, 마잔베르크의 얼굴이 경직되었다.

불쾌함이 없을 리 없었다.

그러나 이미 부하로부터 삼식이 화가 나 있다는 얘기를 전해들은 후였다.

어르고 달랠 심산으로 온 것이라 슬그머니 치미는 부아를 억누른 채 마잔베르크는 억지 미소를 띠었다.

"안 그래도 너를 찾고 있었다."

"찾기는 개뿔……."

삼식의 이죽거림에 이마에 심줄이 돋아났음에도 마잔베르크는 어조를 바꾸지 않았다.

"이 형이 말도 없이 떠난 것 때문에 화가 난 모양이로구나. 내게는 그럴 만한 사정이 있었다. 믿어다오."

"사정은 무슨, 귀찮아서 팽개친 거지."

이까지 드러내며 비아냥거리는 삼식!

과거라면 꿈도 꾸지 못할 일이었다.

그런 삼식이 괘씸하기 그지없었지만 마잔베르크는 한 번 더 참았다.

좋게 보자면 이만한 배짱이 생겼다는 것도 칭찬할 일이 아니던가.

걸맞지 않게 마잔베르크는 다정한 미소와 함께 삼식의 어깨에 팔을 걸쳤다.

"이 형과 함께 가자. 보여 줄 게 있다. 그걸 보면 내 말도 믿게 될 거다."

먼저 한 걸음을 내디뎠지만 삼식은 따라오지 않았고, 마잔베르크는 의도적으로 그의 어깨에 두른 팔에 슬그머니 마나까지 불어넣어 힘을 주었다.

그러나 삼식은 계속해서 꿈쩍도 하지 않았다.

'이 녀석……'

나무라는 게 아니었다.

삼식이 가진 힘이 놀라웠고 탐이 났다. 어떻게 해서건 그를 자기편으로 만들고 싶었다.

하지만 들려오는 삼식의 음성은 얼음장처럼 차가웠다.

"치워."

"뭐, 뭐라고?"

"치우라고!"

삼식이 악을 써 성을 냄으로써 기어이 마잔베르크의 안면이 험상궂게 일그러졌다.

그의 참을성에 한계가 닥친 것이다.

'오냐오냐해줬더니 막 나가는군.'

태도를 180도 바꿔 마잔베르크는 씁쓸한 표정을 지으며,

조곤한 음성에 위협을 실어 물었다.
"잘하면 한 대 치겠구나."
그러면서 삼식이 기가 죽을 것을 예상했지만, 그의 반응은 한결같았다.
"못할 거 같아?"
정말 삼식은 주먹을 쥐고 있었다.
'괘씸한 녀석!'
욱하는 기분에 마잔베르크가 검 자루에 손을 가져갈 때, 삼식에게서 경고가 들려왔다.
"…행동에 책임져야 할 거야."
말도 되지 않았다.
그 어리벙벙하던 삼식의 기에 짓눌려 검을 뽑을 수가 없다니.
'이, 이럴 수가……. 도대체 무슨 계기로?'
마잔베르크는 검을 뽑는 대신 삼식의 주위를 살폈다. 곧 동행으로 추정되는 늙은이가 눈에 밟혔다.
"영감이 가르친 건가?"
그런 그의 시선이 부담스럽다는 듯 이반이 입을 열었다.
"날 보지 말게. 삼식이가 재능이 있었던 것뿐이니."
애당초 마잔베르크는 싸우려고 온 것이 아니었다. 삼식을 자신의 편으로 회유하기 위해서였다.
또한 벌여 놓은 일들이 많아 언제까지고 이 일에만 매달릴 수도 없는 노릇이었다.

돌아섰지만 미련이 남아 마잔베르크는 우뚝 멈춰 물었다.

"한 번만 더 물으마. 같이 안 갈 테냐? 네게 이 세상의 반을 주겠다."

반은 허언이었고, 반은 진담이었다.

물론 그가 세상을 손아귀에 넣는다 한들, 후에 가서 마음 바뀔 가능성이 농후했다.

용케도 삼식은 그를 알아차렸다.

"당신 말, 이제 믿지 않아."

반쯤 돌린 마잔베르크의 입가에 싸늘한 미소가 번졌다.

"형으로서 한마디 충고하마. 삼식이 넌, 오늘 결정을 후회하게 될 거다."

* * *

오늘도 알타 산 주변의 상점가는 발 디딜 틈 없이 북적거렸다.

많은 이들이 다양한 목적으로 이곳을 찾았다.

특히나 근래에 들어서는 융자를 받거나 돈을 맡기려는 목적으로 와룡은행을 찾는 이들이 부쩍 늘어났고, 자연히 와룡은행에서 줄을 서는 것은 다반사가 되어버렸다.

번호표를 발급받아 자리로 돌아온 사내가 함께 온 벗에게 말했다.

"온 김에 그 유명하다는 자장면도 먹고 가세."

"당연히 그래야지. 그건 그렇고, 소문 들었나, 자네?"

"무슨 소문 말인가?"

가려서 해야 할 말이었는지 그는 주변을 살피더니 보다 작아진 목소리로 대답했다.

"동칠교가 신성 제국에 전쟁을 선포했다고 하네."

"동칠교라면 동칠을 추앙하는 신도들이 만들었다던 그 종교 단체 말인가?"

"그렇지."

"미쳤군, 미쳤어! 신성 제국에 싸움을 걸다니."

"쉿! 소리가 크네."

사내는 불안한 눈으로 좌우를 살폈다.

"가만, 그럼 여기에도 피해가 오는 것 아닌가?"

"여기에 왜 피해가 온단 말인가?"

"자네 정말 몰랐나? 와룡반점의 창업주가 동칠이라는 걸. 이 은행도 동칠 그자가 설립한 것이란 말일세."

우측의 사내는 그 소리를 듣는 즉시 방방 뛰며 난리법석을 부렸다.

"알 턱이 있나. 내가 알았으면 이 은행에 왔겠나?"

두려움이 걷잡을 수 없이 커진 나머지 사내는 발길을 돌릴 것을 종용했다.

"여기서 이럴 것이 아니라 어서 돌아가세. 돈을 맡기고 이자를 받기는커녕 원금도 날리겠네."

두 사람이 돌아설 무렵이었다.

난생 처음 보는 흑발의 청년이 커진 눈을 하고 의문을 던져 왔다.

"잠깐만요. 그게 무슨 소리죠?"

사내들은 그가 그 유명한 동칠이라는 것까지는 알아차릴 수 없었다.

그네들이 생각하기에 한 사람쯤 더 이 일을 알게 된다고 해서 크게 문제 될 것은 없어 보였다.

어차피 조만간 세상 모든 사람들이 알게 될 사실이 아니던가.

결국 이 사실을 가장 먼저 알고 있던 우측의 사내가 망설임을 제치고 가감 없이 입을 열었다.

"동칠교가 신성 제국에 전쟁을 선포했다 하오."

동칠이 신성 제국이라는 걸 모를 리가 없었다.

이계에서 몇 해살이다.

여기의 신성 제국이 로마교황청 같은 곳임을 미리 들어 알고 있었던 터라, 동칠의 눈은 치떠질 수밖에 없었다.

"저, 전쟁이요?"

"그렇다오. 당최 그 사람이 왜 그런 짓을 저질렀는지 모르겠소."

당연히 동칠은 혼란스러웠기에 이해가 안 되는 것을 물어보아야만 했다.

"동칠교가 무슨 힘이 있다고 전쟁을 벌인다는 거죠?"

사내가 한심하다는 듯 혀를 찼다.

"세상 물정에 어둡구려. 동칠교가 힘이 없다니, 신도 수만 십만을 육박하는데 세상에 두려울 게 무어 있겠소."

옆의 사내가 고개를 끄덕이더니 설명을 보탰다.

"게다가 그들은 광신도들이지. 사람의 목숨보다 신앙을 중요시하는 자들이니."

너무 나갔다고 생각했는지 곁의 사내가 눈짓을 주면서 그의 소매 깃을 잡아끌었다.

그렇게 경직된 동칠을 놔둔 채 벗을 데리고 나가면서 사내는 그의 경거망동을 꾸짖었다.

"자네 큰일 낼 사람이군. 그러다 재수 없이 동칠이라는 자한테 걸리면 어쩌려고!"

듣기만 해도 섬뜩했는지 입을 함부로 놀린 사내는 경련을 일으키듯 흠칫 몸을 떨었다.

그들이 가고 난 뒤에도 동칠은 쉽사리 충격에서 헤어나질 못했다.

'신도 수가 십만을 넘는다고?'

뭔가 잘못되어도 크게 잘못되었다.

사실을 확인코자 동칠은 동칠교 신도들이 있을 밭을 향해 걸음을 뗴었다.
 사장님이 가시는 길이라 샨은 멋도 모르고 뒤따라왔다.
 "사장님, 어디 가세요? 같이 가요~"
 한데, 샨이 살피는 동칠의 표정은 매우 불안해 보였다.
 느낌상 꼭 사고를 칠 사람만 같아서 샨은 굳게 마음을 잡았다.
 '내가 붙들어드려야만 해.'
 그렇게 5리나 되는 길을 말도 없이 걸었다.
 예고 없이 다다른 동칠에게, 동칠교 신도들을 대표해 아말렌이 밭을 돌보다 말고 허겁지겁 달려왔다.
 "찾아주시어 영광입니다."
 고된 일로 이마엔 땀이 송골송골 맺혔지만, 그녀의 표정엔 기쁨이 담뿍 묻어 있었다.
 하지만 동칠은 매정하게 냉소를 머금었다.
 "정도껏 하는 게 좋지 않을까?"
 "네?"
 사색이 되어버린 아말렌에게 동칠이 여전히 싸늘하게 물었다.
 "당신들, 날 어디까지 속이고 있는 거지?"
 "소, 속이다니요? 저희가 어떻게……."
 아말렌과 신도들로서는 꿈도 꾸지 못할 일이었다.
 그녀는 진실함을 담아 호소하고 있었지만, 동칠은 모든 게 가식과 거짓으로 보일 뿐이라 정색을 하고 재차 물었다.

"신도들이 십만 명이라는 소리가 있던데?"

사실 동칠은 은행에서 마주쳤던 그들이 한 얘기가 사실인지 아닌지 모르는 상태였다. 자기 일에만 바빠 세상사에 어두운 탓이었다.

그러나 그가 던진 질문에 아말렌은 심장이 덜컥 내려앉는 것 같았다.

아말렌 등은 대륙에서 왕성한 활동을 펼치고 있는 동칠교에 대해 대충이나마 알고 있었던 것이다.

벌써 여러 차례나 예전에 갈라졌던 동칠교의 간부들이 그녀들을 회유하러 다녀갔었다.

무엇보다 동칠이 신도가 늘어나는 것을 원치 않는다는 걸 알고 있는 그녀였기에 지금의 질문은 더한 난제로 다가왔다.

잘못이 있다면 동칠 신께 사전에 알리지 못한 자신 탓이다.

결국 죄책감의 무게를 이기지 못하고 그녀는 탄식을 내뱉으며 무릎을 꿇었다.

"흐흑, 모두 제 탓이옵니다. 저를 벌하여 주시옵소서."

아말렌이 섧게 우는 소리에 동칠은 약해지려는 마음을 다잡고 독설을 내뱉었다.

"못할 것도 없지. 그래, 뭐가 당신 탓이라는 거지?"

즉후 동칠은 아말렌으로부터 동칠교가 왜 갈라지게 되었으며, 대륙으로 나아간 이들이 얼마나 세력을 확장했는지에 대한 자초지종을 듣게 되었다.

계속해서 울먹이는 아말렌의 음성에는 한이 담겨 있었다.

"…말리려 했사옵니다. 필경 원치 않으실 거라고 했사오나 누구도 말을 듣지 않았사옵니다."

아말렌의 말이 사실이라면 그녀를 나무랄 게 아니었다.

반대로 몸통 불리기에 혈안이 되어 있는 명색만 동칠교인 자들을 다그쳐야 했다.

"그 동칠교가 신성 제국에 전쟁까지 선포했다고 하던데."

경직된 표정으로 중얼거린 동칠의 말에 아말렌은 아연실색했다. 그녀 또한 전해듣지 못한 사항이었기 때문이다.

"그, 그런……."

동칠의 심경은 더 복잡했다.

아무리 타향살이가 힘들다지만, 이 세계에 와 동칠이 이제껏 처했던 곤경은 일반 사람들이 겪는 그런 정도가 아니었다.

어디서부터 일이 이렇게 크게 어그러진 것인지, 이 일을 어떻게 해결해야 하는지 앞이 깜깜했다.

땅이 꺼져라 한숨을 푹푹 내쉬다가 동칠은 품속에 손을 넣어 은행에 입금하려던 골드가 가득 찬 가죽 꾸러미를 꺼내 아말렌의 앞에다 던졌다.

"다시 한 번 말하지만 난 신이 아냐. 당신들하고 똑같은 사람이라고. 그 돈이면 당신들이 자리를 잡는 데 지장은 없을 거야. 다시 여기로 돌아오지 말아줬으면 좋겠어."

매정한 한마디 한마디가 아말렌의 가슴을 후벼 팠다.

그러나 아말렌은 떠나는 동칠에게 아무런 항변도 할 수가 없었다.

❉　❉　❉

바야흐로 대륙은 암흑기에 접어들었다.

대지는 사방에서 끊이지 않는 전투에도 몸살을 앓고 있었지만, 회생이 불가능할 정도로 망가져 가는 까닭은 마계로부터 빠져나온 그 무엇 때문이었다.

하늘이 검게 변해갔으며 생기 넘치던 초목들은 수분 하나 없이 말라비틀어졌다.

검은 안개 속에서 동준이 거닐 때마다 반경 수십여 미터의 동식물과 몬스터들이 숨을 멈췄으며, 금세 부패해 악취가 진동을 했다.

그것은 전염병처럼 퍼져 나가며 숲 전체를 죽음으로 몰아넣었고, 그곳에서 빠져나온 생기들은 어김없이 동준이 들고 있는 단지 속으로 빨려 들어갔다.

단지 내에서 퍼져 나오던 검은 안개가 서서히 핏빛으로 변해가고 있었다.

그리고 영문도 모르고 죽어버린 동식물들이 피골이 상접한 몰골로 일어서더니 새빨갛게 변해버린 눈을 빛내며 동준을 따르기 시작했다.

 그으으으.

 동준이 숲을 벗어나기 직전이었다.

 "쏴라!"

 명령이 떨어지기 무섭게 수백의 불화살이 하늘을 뒤덮었다. 제국은 동준의 이동로에 군대를 급파한 것이다.

 막 일어난 어둠의 생명들이 불화살에 쓰러지곤 했지만, 그뿐이었다. 불사인 양 살점이 타고 녹아도 그것들은 재차 일어섰다.

 납득이 가지 않는 상황에 제국군은 초조해했다.

 특히나 노바 기사단의 부기사단장인 롯테를 비롯한 일선의 지휘관들은 그 얼굴에서 여유를 찾아볼 수 없었다.

 "언데드라는 것인가? 대책이 없군."

 롯테는 황궁에 돌아간 후 얼마 지나지 않아 이 같은 사실을 접하고는 일선에 투입되었다. 이게 그의 일이니 불평할 것은 못 되지만, 떨떠름함은 지울 수가 없었다. 언데드들의 생명력은 보통 질긴 게 아니기 때문이다.

 더 이상 불화살을 날린다는 건 무의미한 일이었다.

 오히려 선제공격이 어둠의 기운을 받고 일어난 그것들의 화만 부채질한 셈이 되었다.

 성이 난 말라비틀어진 나무들이 뿌리를 다리 삼아 달려들었고, 각종 동물들과 몬스터들이 괴성을 지르며 뛰어왔다.

"궁수들은 물러서라!"

궁수대를 거느린 궁수대장의 명령에 따라 궁수들이 쏜살같이 뒤로 빠지고 마법병들이 대오를 맞춰 섰다.

이윽고 각양각색의 마법들이 그들의 지팡이나 오브에서 현란한 빛을 내뿜으며 어둠을 밝혔다.

발출된 마법들은 파이어볼과 매직 애로우, 아이스 볼트, 윈드 커터, 워터 웨이브 등 기본적인 것들이었지만 그것들이 응집된 결과 파괴력은 엄청났다.

콰콰쾅! 펑! 꽈꽝!

엄청난 굉음에 이어 대지가 몸서리를 쳐 댔다.

적은 속속들이 쓰러져 가고 있었지만 안도할 게 못 되었다. 사방에서 몰려드는 수가 쓰러지는 수보다 월등히 많았기 때문이다.

게다가 조금 후면 마법병들의 마나가 고갈되고 말 터였다.

롯테는 곤혹스런 기색을 감추지 못하고 큰 소리로 명했다.

"2차 저지선까지 물러난다!"

그러나 작전상 후퇴도 쉽지는 않은 일이었다.

경보병들은 몰라도 이동속도가 떨어지는 중보병들은 뒤쪽에서 달려드는 언데드들을 그대로 맞닥뜨려야만 했다.

그나마 기사들과 소드마스터인 롯테의 활약으로 피해를 줄일 수 있었지만, 그 피해가 결코 적지 않았다.

산전수전을 다 겪어온 롯테로서도 지금의 전투는 버거웠다.

'이 안개 안에 있는 것만으로도 고역이로군. 어지간한 의지가 없으면 못 버티겠어.'

그는 씁쓸함도 감추지 못했다.

'어쩌면 우리 인간들도 종말을 맞을지 모르겠구나.'

사람은 누구나 감이라는 게 있다.

아귀처럼 달려드는 언데드들을 단칼에 베면서도 롯테는 저 힘이 인류의 멸망을 불러올지도 모른다고 생각하는 중이었다.

무엇이나 한계는 있기 마련이다.

하지만 저 단지에서 뿜어 나오는 무언가의 존재감은 한도 끝도 없이 커지고만 있었다.

롯테의 시선이 저 뒤쪽의 언덕들을 훑었다. 평지에 돌과 흙을 퍼 날라 임의로 만들어놓은 언덕이었다.

바로 저곳에 파멸의 병기라고 불리는 대(對) 와이번용 발리스타 3기가 있다.

실제로 저 발리스타는 캐터펄트보다 훨씬 크게 만든 것으로 성을 무너뜨릴 정도의 위력이 있었다.

끌차로 이동된 닻보다 무거운 쇠뇌가 각 발리스타의 몸통에 걸쳐졌다.

한 줄기 기대를 발리스타에 걸고서 롯테는 노바의 기사들에게 퇴각을 명하는 수신호를 보냈다.

기사들이 빠른 속도로 멀어졌던 까닭에 롯테만 포위된 형국이 되어버렸다.

 롯테는 단전에 자리한 마나를 있는 대로 끌어올려 검에 주입시켰다.

 그러자 그 눈에서 기광이 뿜어지는 것처럼 검끝으로 비죽 고개를 내민 오러 블레이드가 휘황한 광채를 뿌렸다.

 서거걱!

 삽시에 그를 둘러싼 20여 언데드가 토막이 났다.

 발 디딜 공간이 생긴 롯테가 막 땅을 박차려 할 때였다.

 쿡.

 허리가 잘린 언데드가 그의 발목을 붙잡고 있었다.

 조금 전까지만 해도 자랑스러운 대크루거 제국의 중보병이었던 자였다.

 죽어서 언데드로 변해버렸다고는 하지만 자신을 보는 눈빛이 어쩐지 슬퍼 보였던 까닭에 롯테에게도 잠시간 측은지심이 머물렀다.

 그러나 이런 자리에서, 이런 상황에서 정 따위에 휘둘려선 안 된다는 건 롯테 자신이 누구보다 잘 알고 있었다.

 "미안하다."

 롯테가 검을 휘두른 직후, 그의 발목을 붙들었던 언데드의 팔목에 실선이 그어졌다.

 피슉!

 그리고 벌어진 살 틈새로 검은 피와 헛바람이 새어나오는 모습을 뒤로하고 롯테는 땅을 박찼다.

소드마스터란 위용이 결코 과장된 것이 아니었는지 그는 단 한 번의 도약으로 수십 미터를 뛰었다.

때맞춰 발리스타에 걸린 쇠뇌들이 비상했다.

꾸웅! 우지끈! 쿠왕!

꾸에에에- 끼아악!

육중한 쇳덩이가 떨어지자 언데드들의 바스러진 피륙들이 사방으로 튀겼다.

그 주변은 공터로 변해 있었다.

괴멸에 가까운 타격을 입혔다는 것은 제국군들에게 분명 반길 일이었지만, 목표인 단지를 든 사내를 못 맞췄다는 건 무척이나 아쉬웠다.

그러나 궁수대를 나무랄 일이 아니었다.

발리스타의 정확도가 떨어진다는 건 누구나 알고 있는 사실이었기 때문이다.

발리스타가 다시 장전을 하기까지는 시간이 필요했다.

'적은 소수. 이때를 놓치면 기회는 다시 찾아오지 않을지도 모른다.'

롯테는 비장함에 가득 찬 음성을 터트렸다.

"제군들이여, 준비는 되었는가?"

"물론이옵니다!"

줄어든 언데드의 수만큼이나 이곳에 모인 제국군들의 사

기는 드높았다.

롯테가 이끄는 대병력은 소수밖에 남지 않은 언데드와 의문의 단지를 든 동준을 깡그리 무너뜨릴 기세로 내달렸다.

누구도 개의치 않았다. 단지에서 붉은 연기가 하늘로 피어오르고 있다는 것을!

언데드 병력이 제국군과 치받는 사이 붉은 연기는 점차 적구름으로 변해갔다.

그리고 적구름이 주변 하늘을 가득 뒤덮은 후에야 그 그림자에 시야가 무척이나 어두워졌다는 걸 느낀 제국군이 하나둘 하늘을 올려다보기 시작했다.

툭. 투둑.

한 방울, 그리고 또 한 방울…….

구름에서 떨어진 물기가 땅에 스몄다.

땅 위에 서 있는 인간들이라고 해서 빗방울을 피할 순 없었다.

그것은 빗물이라고 보기 힘들었고, 냄새와 색으로 따졌을 때 핏물이라 보아야 했다.

그러나 그 속엔 코를 찌르고 비위를 상하게 하는 퀴퀴한 냄새가 섞여 있었다.

"우웨엑!"

더러는 참지 못하고 구토 증세를 보였다.

속이 메스꺼워진 이들은 배 속의 음식물들을 게워내고 그것으로 모자라 각혈까지 하고 있었다.

부지불식간에 환자는 늘어만 갔고, 급기야는 발작을 일으키는 이들이 발생했다.

"퇴, 퇴각! 우욱!"

상황이 심각치 않음을 느끼던 지휘관 한 명이 명령을 내리다 말고 구토를 하기 시작했다.

롯테도 마나를 운용해 정체 모를 이질적인 빗물의 침투를 막고 있었지만, 조만간 한계에 부딪칠 것만 같았다.

'틀렸다……'

막 그가 돌아설 무렵이었다.

"크와악!"

어디선가 들려온 괴성에 흠칫 놀라 고개를 돌린 그곳에서는 괴이한 일이 벌어지고 있었다.

분명 멀쩡하던 병사였다.

한데, 느닷없이 근육이 팽창하기 시작하더니 일부분의 뼈가 살갗을 뚫고 나왔다.

더욱이 입을 안 다물어지게 하는 것은 기형적인 몰골로 변한 병사가 같은 제국군의 목을 베어버렸다는 점이다.

그것은 서막에 불과했다.

여기저기서 비명과 괴성이 들리고, 흉측한 모습으로 변한 제국군은 같은 편을 적으로 돌렸다.

롯테는 사태를 더 지켜볼 수가 없었다.

주위를 돌봐줄 여력도 없이 그는 혼신의 힘을 다해 필사적인 도주를 감행했다. 이런 전투를 더 벌인다는 것은 그야말로 미친 짓이었다.

 상황이 보기보다 훨씬 심각해 황실에 알려야만 한다는 일념뿐이었다.

 동준이 들고 있는 단지로 수많은 영혼들이 빨려 들어감으로써 그 상단부에서 마왕 바이돈크라우스가 희뿌옇게나마 모습을 드러냈다.

 수없이 많은 영혼들을 빨아들인 덕에 마왕의 권능이 이 땅에 내려앉은 것이다.

 그렇다고는 하나 아직 완전한 것은 아니었다. 나타난 것은 또렷하지 않은 형상뿐이었으므로.

 롯테는 누군가 자신을 보고 있다는 느낌을 받았고, 그 즉시 움직임이 눈에 띄게 더뎌졌다.

 "무… 무슨 일이……."

 과연 바이돈크라우스의 눈동자가 그를 주시하고 있었지만, 롯테는 등을 돌리기는커녕 옴짝달싹도 할 수 없었다. 본인도 모르는 사이에 몸이 석고처럼 굳어버린 것이다.

 움직일 수 있는 것이라고는 눈알뿐이었다.

 등 뒤에서 점차 가까이 들려오는 언데드들의 이동음!

 느려진 사고 탓에 섬뜩하다는 생각이 들기도 전에 롯테의 몸은 수백, 수천 조각으로 깨어지고 있었다.

와장창!

동칠이 와룡반점으로 돌아왔을 때에 맞춰 주방에서 요란한 소리들이 들려왔다.

가뜩이나 심란한 터라 동칠의 얼굴은 와락 구겨졌다.

그런 사장님의 기분을 십분 헤아린 샨이 쏜살같이 주방으로 달려갔다.

주방은 난장판이었다. 그릇들이 여기저기 굴러다니는가 하면, 요리 재료들이 이리저리 널려 바닥을 더럽혔다.

실로 의아한 건 그 주범이 다름 아닌 만드라고라였다는 점이다.

"네가 이랬니?"

잘못을 들켰음에도 만드라고라는 전혀 미안한 기색 없이 당당히 말했다.

"그래. 떫냐?"

뒤늦게 종업원들이 주방으로 달려왔고, 그 뒤를 이어 동칠이 종업원들 사이를 비집고 나와 현장을 목격했다.

"무슨 짓이냐?"

평소 워낙에 동칠을 무서워한 탓에 잠시 만드라고라의 눈빛이 흔들렸다.

그러나 만드라고라는 그에 지지 않겠다는 듯 선반 위의 그릇을 죄다 바닥으로 쓸어버렸다.

쨍그랑. 땅. 땅.

대부분이 플라스틱이라 깨어진 것은 없지만, 이렇게 어질렀다는 것만으로 동칠의 신경은 충분히 사나워졌다.

동칠의 인상이 더욱 험악해지자 종업원들은 부랴부랴 주방 안으로 들어가 만드라고라를 붙들었고, 나머지는 나뒹구는 그릇들을 차곡차곡 정돈하고 바닥에 널려진 음식물들을 빗자루로 쓸기 시작했다.

더 어지럽히지 못한 게 못마땅했을까?

짜증을 삼키지 못하고 만드라고라의 입이 벌어지며 괴성이 터지려 했다.

"우애애애……."

그 찰나, 판테스가 사장님의 심기를 더는 거스르지 않으려

재빨리 그녀의 입을 틀어막았다.

난장판이 되어버린 주방을 보던 동칠이 무거운 한숨을 내쉬곤 얘기했다.

"끌고 가."

만드라고라는 종업원들에 의해 의자에 묶여서도 생난리를 피웠다.

제 성질을 못 이기고 걸핏하면 쓰러지기 일쑤여서 동칠은 하는 수 없이 감금이란 결단을 내렸다.

저장고 안에 임의로 나무 창살을 만드는 일은 종업원들을 시켰어도 될 일이건만, 할 일이 없어 심심했다는 핑계를 들어 롬이 손수 해주었다.

그렇게 반나절도 채 되지 않아 임시 감옥이 만들어졌다.

"다 만들어졌소."

"매번 너무 고맙네요."

"우리 드워프들은 말이오. 하루라도 일을 하지 않으면 손에 가시가 박힌다오."

롬의 말에 동칠은 멋쩍게 웃고서 저장고로 향했다.

쉽게 납득이 가질 않는 일이었다. 그 유순하던 만드라고라가 아무 이유 없이 행패를 부렸다.

'설마……'

불현듯 떠오른 생각!

바로 어제 없어진 새우에 관한 것이다.

종업원들과 만드라고라를 한자리에 모아놓고 여죄를 추궁하려 했지만 모두가 부인했었다.

그때도 심증이 가는 대상이 만드라고라였다.

게다가 만드라고라가 주방 안에서 나올 땐 입가에 양념이 묻어 있질 않았던가.

동칠의 발걸음이 빨라졌다.

할 일이 없던 종업원들은 저장고에서 교대로 근무를 서고 있었다.

마침 하만의 차례였다.

"사장님, 오셨습니까?"

"그래. 녀석은?"

"안쪽에 있습니다. 이쪽으로 오십시오."

하만을 따라 동칠은 저장고 깊숙한 곳으로 걸음을 옮겨 갔다.

다다른 임시 감옥엔 만드라고라가 갇혀 있었다.

그녀는 동칠을 보자마자 나무 창살을 붙들고 딴에는 분개한 표정을 지었으나 그 모습은 사납다기보다는 귀여운 것에 가까웠다.

동칠은 가만히 만드라고라를 살폈다.

표정이 환해졌다가 어두웠다가를 반복하는 것처럼 그녀의 머리 위에 핀 꽃도 피었다 졌다를 반복했다.

"날 풀어주지 않으면 후회할 것이야."

만드라고라가 사극에서나 들어봤을 법한 대사를 읊조리자 하마터면 동칠은 웃음을 터트릴 뻔했다.

그것도 잠시, 만드라고라는 언제 그랬냐는 듯 처연한 눈망울을 하고 말했다.

"주인아, 나 그거 먹고 싶어. 해줘."

현재 만드라고라는 이중적인 모습을 보이고 있었다.

저장고 한쪽의 장독대에서 새우 한 마리를 꺼내들고는 동칠은 그녀에게 물었다.

"이 요리?"

"그래, 그거!"

동칠은 애써 빙긋 웃더니 새우를 바닥에 떨어뜨렸고, 발로 비벼 버렸다.

"으애애애!"

이어진 시끄러운 울음소리에 동칠은 귀를 닫고 바로 돌아서며 하만에게 명했다.

"입 막아. 그리고 내 허락이 있기까지 내보내주지 마."

"네, 사장님."

문득 잊은 게 떠올랐는지 동칠이 돌아서며 한마디를 더 보탰다.

"참, 저기 있는 새우 다 태워버려."

"네?"

새우의 비밀 • 75

"시키는 대로 해."

"네, 넵!"

동칠은 그길로 주방으로 돌아왔다.

동칠교에 대해 고민하고 또 고민하고 거듭 고민해도 할 일은 정해진 것 같았다.

'늦을수록 심각해진다. 손을 쓸 수 있다면 빨리 쓰는 수밖에······.'

그는 요리를 시작했다.

큰 통에 많은 춘장을 들이붓고 벅벅 저었다.

칸타르가 가장 좋아하던 자장이다.

일이 늦어질 수도 있고, 재수가 없다면 못 돌아올 가능성도 있으니 후하게 대접하려는 것이다.

그렇게 제일 먼저 준비된 자장을 동칠은 율카스와 와룡반점 전속 짐꾼을 시켜 칸타르에게 가져다주라고 시켰다.

그리고 보덴을 불렀다.

"예, 사장님. 찾으셨습니까?"

"응, 너는 상점가로 내려가서 길드장님들 좀 모시고 와."

"넵."

보덴은 일체 토를 달지 않고 그대로 현관문을 빠져나갔다.

마침 현관으로 들어서던 가르데일과 데몬이 부쩍 주방이 부산스러워진 것을 느끼고는 다가왔다.

"아니, 오늘은 손님도 없는데 무슨 음식을 그렇게 많이 만드나? 그러지 말고 고스톱이나 한판 치러 가세."

가르데일의 말에도 동칠은 요리를 멈추지 않고 답했다.

"당분간 못 돌아올지도 몰라서요."

"또 재료를 구하러 가는가?"

"아뇨, 일이 좀 생겨서……."

데몬이 의아함을 감추지 못하고 물었다.

"혹시 안 좋은 일이요?"

거짓으로 둘러대도 될 일이었지만, 습관 탓인지 동칠은 차마 그럴 수가 없었다.

자초지종부터 다 듣고 난 후에야 데몬이 이의를 제기했다.

"아니, 그걸 왜 동칠이 해야 하오? 동칠교는 동칠 당신이 만든 종교도 아니지 않소."

"제가 결백하다고 해도 세상 사람들이 믿지 않을 겁니다. 직접 나서서 해결하지 않으면 안 될 일 같아요."

말문이 막힌 데몬을 대신해 가르데일이 무거운 낯빛을 띤 채 입을 열었다.

"난 걱정이 되는군. 그렇게 큰일이라면 동칠 자네는 무사할 수 없을지도 모르네. 또……."

"또요?"

이어 말하려다 말고 가르데일은 시치미를 뗐다.

"아, 아닐세."

진심 그가 걱정되는 건, 전과 같은 일이 벌어지지 않을까

새우의 비밀 • 77

하는 것이었다.

그에 동칠은 피식 웃고 말았다. 가르데일이 염려하는 부분이 어렴풋이 짐작됐기 때문이다.

하지만 무슨 일이 있더라도 동칠은 그 힘을 고이 묻어둘 작정이었다.

동칠이 막 프라이팬을 뒤집는 순간, 가르데일이 닫혀 있던 입술을 뗐다.

"나도 같이 감세."

"네?"

"나도 같이 간다는 말일세. 그렇게 위험한 일이라면 나처럼 든든한 보호자가 꼭 있어야지 않겠나?"

호의가 싫지 않았지만 동칠은 손사래를 쳤다.

"에이, 아니에요."

여태까지 부려먹은 것만 같아 미안함이 남아 있던 것이다.

그러나 가르데일은 한사코 고집을 꺾지 않았다.

"그러지 말고 같이 가세나. 내 바깥세상 구경도 하고 싶어 그러이."

데몬도 늦을세라 그에 동참했다.

"또 둘이서만……. 정말 너무한 거 아닙니까? 나도 가겠습니다."

동칠은 두 사람의 의리에 감복해 눈물이 핑 돌 뻔했다.

"그래요, 다 같이 가요. 그게 뭐 어려운 일이라고."

한 사람보다야 두 사람이 낫고, 두 사람보다야 세 사람이 나을 것이다.

그것도 자타가 공인하는 데몬과 가르데일 정도의 실력자들이라면 위기도 넘어설 수 있을 터.

모처럼 동칠의 안색이 밝아졌다.

'문제를 바로잡은 후엔 정말 조용히 살 테다.'

그러나 조용히 산다는 건 어디까지나 바람일 뿐이지, 동칠 자신의 마음대로 되는 일이 아니었다.

와룡반점의 영업을 시작하면서 정말이지 바람 잘 날이 없었다.

딱히 욕심을 부린 적도 없다.

남들처럼 평범하게 주어진 운명에 순응하며 살려고 했는데, 세상은 그런 자신을 가만히 내버려 두질 않았다.

문득 어쩌면 이곳을 떠나야만 조용히 사는 게 가능하리라는 생각이 들었다.

상황은 진행형이다.

황제는 자신에게 더 많은 음식들을 요구할 테고, 그러자면 앞으로도 같은 행동을 반복해야 할는지 모른다.

갑갑함에 한숨이 나오려 했지만, 자신만 보고 있는 두 사람 때문에 동칠은 내키지 않아도 웃어야 했다.

'뭔가 방법이 있겠지.'

요리가 준비된 직후, 길드장들이 근소한 시간 차로 하나둘

씩 모이기 시작했다.

그렇게 길드장들이 다 모이자 종업원들을 시켜 음식을 테이블에 내오게 한 뒤에야 동칠은 홀로 나갔다.

음식을 보고 군침을 삼키던 길드장들은 체면을 차리고자 표정을 정리하고서 동칠을 빤히 쳐다보았다.

모두를 대표해 베른이 물었다.

"동칠, 어쩐 일이오? 우리를 다 보자고 한 이유가?"

"아, 당분간 와룡반점을 떠나 있으려고요. 그럴 만한 사정이 생겼어요."

이번엔 파논이 다소 역정이 나는 투로 질문했다.

"또 제국의 황제가 뭘 요구한 거요?"

"그런 건 아니에요. 그냥 처리해야 할 일이 있어서요."

"처리해야 할 일이라니?"

"음식 식겠네요. 먹으면서 얘기해요."

곧 식사가 시작되었고, 동칠은 와룡반점을 떠나려는 이유를 이실직고했다.

그러자 반발이 적지 않았다.

"난 반대요!"

"왜 그런 위험한 일을 자초하시는 게요?"

"내 생각에도 그 일은 동칠 당신이 감수할 수 있을 만한 일이 아닌 듯하오."

어느새 식사가 멈춰버렸다. 동칠은 못내 미안했다.

그러나 이들의 만류대로 나 몰라라 하고 이곳에 계속 남는다면 후에 어떤 상황을 감수해야 할지는 모른다.

"여러분이 생각하는 것처럼 그렇게 어려운 일도, 복잡한 일도 아니에요. 동칠교를 해산시키고 신성 제국의 오해를 풀면 되는 일이니까요."

해서, 내세운 주장에 베른은 고개를 내젓더니 소견을 내비쳤다.

"어디까지나 그건 동칠 당신의 생각일 뿐이잖소."

"그게 무슨 말씀이신지……?"

"동칠교 말이외다. 그들이 당신의 말에 순순히 따르리라 보오? 내 생각엔 그러지 않을 가능성이 높소. 분명 권력을 손에 쥔 그 수뇌부들이 문제일 것이오."

베른이 보는 시각이 맞을지도 몰랐다.

동칠은 자신이 너무 순진하고 안일하게 사고한 것이었는가를 반성했다.

하지만 저들이 따르지 않는다고 해서 겁을 내고 모르쇠로 일관할 순 없는 노릇이었다.

"그래도 가야 해요."

확고한 결심을 내비치는 말에 베른은 거뭇거뭇해진 턱수염을 매만지더니 무겁게 입을 열었다.

"그럼 말이오. 나도 가겠소."

"네에?"

동칠이 눈을 부릅뜨고 되묻자 베른은 같은 말을 반복하는 수고로움을 마다 않았다.

"나도 같이 가겠다고 했소. 내 도움이 될지언정 짐은 되지 않을 것이오."

기쁘고 고마운 일이었지만 동칠은 괜한 사람을 끌어들이는 듯해 한사코 거절했다.

곧이어 '나도 가겠다.', '내 일이니 당신은 오지 마라.' 라는 주장으로 마찰이 빚어졌다.

동칠의 입장은 완고했다.

가르데일과 데몬이야 한솥밥을 먹고 산 식구이다 보니 동행을 허락했지만, 베른은 그저 호의로 따르려 하고 있기 때문이다.

"아 글쎄, 꼭 돌아올 테니까 염려 마시라고요. 정말 문제가 생기면 그때 가서 도움을 요청할게요."

베른이 아직 뜻을 굽히지 않고 있는 이때, 다른 길드장들까지 가세했다.

"우리도 돕고 싶소."

"그렇소. 우린 항상 동칠에게 받기만 하는 것을 미안하게 생각하고 있었소. 말씀만 하시구려. 무엇이든 도울 테니!"

진심이 느껴져서 동칠은 코끝이 찡해졌다. 그것을 들키기 싫어 일부러 큰 소리를 치며 벌떡 일어섰다.

"됐다니까 대체 왜들 이러세요!"

돌변한 동칠의 태도에 기가 죽은 바르돈이 기어들어가는 목소리로 항변했다.
"아, 알았소. 그렇다고 화를 낼 것까진 없잖소······."
 그렇게 동칠 때문에 만찬은 서먹서먹하게 끝이 나버렸다.
 저마다가 불만 일색이었지만 그것은 미운 감정이 아닌 서운함이었다.
 베른은 파논과 아첸에게 양어깨를 붙들려 끌려가면서까지 고래고래 소리를 질러댔다.
"동칠 당신에게 정말 실망했소. 친구가 돕고 싶다는데 그걸 마다하오? 에이, 인정머리 없는 사람 같으니라고!"
 단단히 삐쳐 버렸다.
 분명 명망 높은 파르켈 용병단의 단장을 맡고 있는 베른을 데려간다면 많은 도움을 받을 것이다. 야전에서의 경험은 누구보다 많을 것이기에!
 자신의 안전만 놓고 보자면 그를 데려가는 것이 좋겠지만, 이 일과는 아무 연관도 없는 이를 끌어들이고 싶진 않았다.
 게다가 베른은 자기 일도 바쁜 사람이다.
 동칠은 자신의 결정에 대해 일말의 후회도 가지지 않았다.
"베른 당신은 좋은 사람이니까 더 못 데려가는 거라고요."
 멀어지는 베른을 보며 그렇게 중얼거리고서 동칠은 다시 주방으로 향했다.
"어디 보자, 드워프 분들하고 지하 동굴의 드래곤들하고 종업원들 식사까지 합치면······."

양손으로 남은 수를 헤아리기는 살짝 모자랐지만, 그래도 그리 많지는 않아서 셈은 금방 끝이 났다.

"충분히 준비하자. 만드라고라 것까지······."

휴일이었음에도 불구하고 오늘 하루 불의 하급 정령들은 서로 바쁘게도 치받았다.

요리가 거의 끝나갈 무렵 동칠은 홀 쪽에다 대고 크게 말했다.

"누구 좀 들어와 봐."

종업원들과 식사를 마친 후, 동칠은 방과 연결된 지하 통로를 찾았다.

음식을 들고 뒤따르는 판테스, 샨과 함께 롬의 안내를 받아 향한 곳에는 과거에는 없던 것이 보였다. 드워프들이 통로 한쪽에 길을 내어 시드와 샐리스트가 머물 만한 공간을 마련해준 것이다.

겉만 와룡반점 그대로였지, 개조가 계속된 지금 와룡반점 안은 그야말로 신천지였다.

'사장이 이걸 알면 노발대발했겠지?'

본 지도 오래되어 이제는 사장의 얼굴도 가물가물했다.

그러나 과거는 과거였다.

돌아가고 싶어도 돌아갈 수 없는 곳······.

향수를 어렵잖게 떨쳐 버리고서 동칠은 시드의 집 문고리를 두어 번 들었다가 내리쳤다.
 그러자 묵직한 노크 소리에 문이 열리며 시드가 얼굴을 드러냈다.
 "아, 오셨어요?"
 "좀 들어가도 되지?"
 "예, 예. 그럼요."
 동칠은 시드의 어깨에 손을 올리면서 다정하게 물었다.
 "불편하지 않아?"
 "그 반대예요. 너무 편해서……."
 진실로 그렇게 느끼는지 머리를 긁적이는 시드의 표정에서는 행복이 담뿍 묻어났다.
 샨은 가져온 음식을 안쪽의 원형 테이블에 내려 두었다. 자장면, 짬뽕, 그리고 탕수육이다.
 "매번 똑같은 것만 줘서 미안하네."
 "아니에요. 아직도 저 세 가지의 요리는 이 세상에서 가장 맛있어요. 계속 먹어도 질리지 않는걸요."
 동칠은 흐뭇하게 웃었다.
 마음 같아서야 군만두에 잡채밥 등 다른 맛깔난 요리들도 더 맛보여 주고 싶었지만 여건이 따라주질 않았다.
 그렇다고 그 요망한 새우 요리를 내어줄 수도 없고 말이다.
 새삼 동칠은 깨달았다.

요리를 만들 수 있는 재료가 있다는 것도 나름의 축복이라는 것을.

그때, 돌연 벽난로 안의 장작에서 타오른 불똥들이 모이며 샐리스트로 변화했다.

[웬일로 음식을 세 가지나 가져왔지?]

그녀의 질문에 동칠은 멋쩍은 웃음을 입가에 걸치고는 대답했다.

"당분간 떠나 있을까 해."

[떠나다니? 어딜?]

"일이 좀 생겨서……. 시드, 면 불겠다. 얼른 먹어."

"네? 네."

모두에게 사연을 털어놓는 것도 동칠 입장에서는 꽤나 피곤한 일이었다. 해서 대충 얼버무린 것이다.

샐리스트도 시드가 맛있게 식사를 하는 걸 보고 의문을 덮어두었다.

하지만 한 가지는 걸고넘어가야 했다.

[가만, 네가 자리를 비울 동안 시드가 먹을 음식은 누가 하지?]

"판테스가 해줄 거야. 아니면 분점에 음식을 시켜도 되고……."

그렇게까지 말하니 안심이 되었는지 샐리스트는 동칠에게서 관심을 접고 막 식사를 시작하려는 시드를 자애로운 눈길로 쳐다보았다.

"샐리스트도 드세요. 양이 너무 많아요."

[그래.]

동칠이 보는 둘은 꼭 모자지간 같았다.

부모님 뵌 지가 몇 해던가······.

그리움에 사무치려는 감정을 억누르며 동칠은 애써 자리에서 일어났다.

"이만 가볼게. 그럼 다녀와서 보자."

"네, 몸 건강히 다녀오세요."

동칠과 판테스, 샨은 시드의 집을 나와 곧장 쉴루스의 레어를 찾았다.

하지만 문을 열고 들어가니 드래곤들은 보이지 않고 드워프인 롬들만이 있었다.

"동칠, 어쩐 일이요?"

대답 없이 동칠은 판테스에게 눈짓을 했다.

그러자 판테스는 3단으로 받쳐 온 쟁반들 중 윗부분의 2개를 상에 내려 주었다.

드워프들의 묻는 눈초리를 접하자 동칠은 입가에 미소를 걸치고서 말했다.

"식사예요."

있어서는 안 되는 일이다. 감히 드래곤들과 겸상이라니!

화들짝 놀란 드워프들이 당장에 내려 둔 쟁반들을 들었으며, 롬이 눈을 부릅뜨고 얘기했다.

"여기서 식사를 했다가는 큰일 난다오. 우린 문밖에서 먹겠소."

드워프들이 드래곤들을 사람 이상으로 겁낸다는 건 일찌감치 알고 있던 바였다.

하지만 롬들은 꽤 오랜 시간 그들만을 위해 봉사해오지 않았던가. 그럼에도 불구하고 겸상조차 허락하지 않는다니……. 참으로 알다가도 모를 일이었다.

후다닥 입구로 향하는 드워프들을 보다가 동칠이 물었다.

"참, 그들은 어디 있죠?"

그에 롬이 발걸음을 멈추고 되물었다.

"무슨 용무시오?"

"보다시피 음식을 가져왔거든요."

고개를 갸웃거리다 롬은 선뜻 발걸음을 돌렸다.

"원래 그분들은 식사를 하지 않으시는데……. 따라오시오. 내가 여쭤보겠소."

동칠과 종업원들이 롬을 따라 도착한 곳은 탕이었다.

유리로 만들어진 탕 안에선 김이 모락모락 피어났다.

동칠은 멀리서도 그들의 모습을 확인할 수 있었는데, 다소 민망한 장면이었다.

헤츨링 쉴루스가 강화 플라스틱 침대에 배를 깔고 누워 있었고, 이브릴과 페라쿠스가 그 등짝을 때타월로 열심히 미는 중이었다.

주기적으로 쉴루스의 길게 찢어진 입에서 탄성이 터졌다.

"시~ 원하다~"

그 모습에 동칠은 웃음이 나와 입꼬리가 들려졌다. 그러자 롬이 깜짝 놀라 주의를 주었다.

"쉿, 웃으면 안 되오."

드래곤의 청력은 유리 벽 너머의 조곤한 말소리조차 들을 수 있는 것일까?

문득 페라쿠스가 시선을 돌려 동칠 쪽을 보았다.

날카로운 그 시선에 롬은 오금이 저리고 두 다리가 후들후들 떨렸다.

곧이어 페라쿠스는 점잖이 허리를 숙이고 쉴루스의 귀에 작게 속삭였다.

"로드, 밖에 인간들이 와 있습니다. 이만할까요?"

때를 밀다 말고 그만하겠다고 한다. 안 그래도 페라쿠스는 매사에 성심을 보이지 않았던 터라, 쉴루스는 녀석이 또 뭔가 잔꾀를 부린 게 아닐까 싶었다.

"무슨 일인지 물어봐."

그리고 페라쿠스가 때타월을 떼고 몸을 옮기자 잔소리를 늘어놓았다.

"이 녀석, 또 요령이냐? 그 자리에서 물어보면 될 거 아니냐."

페라쿠스의 꼴이 말이 아니었다.

화염의 산 이스테라의 지배자가 이런 곳에서 때나 밀고 있으니 말이다.

그러나 더 험한 꼴을 당하지 않으려면 로드가 시키는 대로 해야만 한다.

다시금 로드의 거친 등가죽을 밀면서 페라쿠스가 유리 건너편의 동칠에게 물었다.

-무슨 일이냐?

뇌리로 전해지는 그 음성에 동칠은 아연해하다가 입을 크게 벌려 제법 큰 소리를 냈다.

"음식을 만들어왔다!"

"음식이라……."

여태 한 번도 쉴루스는 동칠이 제공한 음식을 먹지 않았다. 인간들의 음식을 섭취할 필요가 없어서였다.

다른 드래곤들처럼 쉴루스는 정기를 섭취한다.

하지만 오늘 사우나를 하고 때를 밀다 보니 요상하게 음식 생각이 간절했다.

'인간들의 음식이라……. 그러고 보니 안 먹은 지도 꽤 되었군.'

쉴루스는 잠시 고민하다가 꼬리를 들어 이리저리 휘저었다.

그것이 물을 끼얹으라는 얘기임을 냉큼 알아들은 두 드래곤이 물을 뿌려 쉴루스의 등가죽에 들러붙은 때를 말끔히 씻어냈다.

기품에 걸맞게 큰 타월이 하반신에 둘러지고, 쉴루스는 강화 플라스틱 침대에서 몸을 일으켰다.

잠시 후, 그가 유리문을 빠져나오자 롬은 어찌할 바를 몰라 하며 허리를 반으로 접어 보였다.

그를 지나친 쉴루스는 한쪽에 마련된 원형 테이블에 앉았고, 판테스는 동칠의 뜻에 따라 가져온 요리를 그 위에 놓았다.

"세 분 요리를 다 가져왔습니다."

이브릴과 페라쿠스는 그때까지 감히 동석할 생각은 못하고 멀뚱히 서 있기만 했다.

그러자 쉴루스가 크게 인심이나 썼다는 듯 말했다.

"너희도 와서 앉으려무나."

그제야 두 드래곤이 착석했다.

자장면과 짬뽕, 탕수육을 보고도 이브릴은 별 반응이 없었지만, 페라쿠스는 군침이 도는지 입술을 달싹였다.

"너는 먹어본 경험이 있는 모양이로구나."

쉴루스의 말에 페라쿠스는 촉새처럼 떠들어댔다.

"그렇사옵니다, 로드. 이건 젓가락을 이용해서 먹는 건데, 일단은 양념이 고루 배이도록 휘저은 뒤 젓가락을 이렇게 잡으시고 이렇게 벌리셔서……"

동칠은 늦게나마 후회가 밀려들었다.

'포크를 가져다줄 걸 그랬나?'

인간의 손과 다르게 쉴루스의 두툼한 앞발은 젓가락을 쥐기에 적합하지 못하다.

그러나 그런 동칠의 우려와는 다르게 쉴루스는 젓가락을 능수능란하게 움직였다.

젓가락으로 자장면을 듬뿍 집고 입으로 가져가려던 그는 돌연 행동을 멈추고 불쑥 생긴 의문을 먼저 늘어놓았다.

"고맙게는 먹지. 그런데 왜 갑자기 요리를 주겠다는 생각을 했지?"

"한 번도 제대로 음식을 만들어준 적이 없는 것 같아서……."

동칠이 로드에게 반말을 하는 것은 어제오늘의 일이 아니었다.

그 점을 로드도 문제 삼지 않았기에, 페라쿠스나 이브릴이 자신들의 잣대를 들이댈 게 아니었다.

그러나 동칠이 로드에게 반말을 할 때마다 두 드래곤의 이마에는 심줄이 툭툭 불거졌다.

하지만 당사자인 쉴루스는 동칠의 어투를 전혀 문제 삼을 생각이 없었다.

어쩌면 주변인 대다수가 그를 높이고 있기 때문인지도 몰랐다. 어디까지나 이런 인간 하나쯤 있는 것도 나쁘지 않겠다는 생각에서 비롯된 것이었다.

쉴루스는 길게 찢어진 눈을 껌뻑이더니 이내 흡족하게 웃었다.

"그 마음만으로도 이 음식은 충분히 먹음직스럽군."

말을 마친 쉴루스가 음식을 먹자 기다렸다는 듯 페라쿠스도 젓가락을 들었다.

로드 앞에서 사양이란 있을 수 없는지라 이브릴도 마지못해 젓가락을 들었다.

한데, 자장면을 맛본 쉴루스의 표정은 딱딱하게 굳어 있었다.

'이게 인간의 음식이라고?'

아니었다.

그가 기억하고 있는 인간의 음식이란 이런 맛깔난 것이 아닌 텁텁하고 밋밋한 맛 따위였다.

되새김질을 할 때마다 양념이 입안에서 그윽하게 퍼져 나간다.

그 맛이 여운을 남기며 사라져 갈 때, 쉴루스는 다시 자장면을 듬뿍 집었다.

꿀꺽.

몇 번 씹지도 않았는데 목구멍으로 넘어가버렸다.

세 젓가락 정도 집어 넘기니 더 이상 자장면은 남아 있지 않았다.

다행히 요리는 또 있었다.

붉은 국물이 담긴 면 요리와 누런 옷을 입힌 고기였다.

우선 쉴루스는 다른 면 요리인 짬뽕을 택했다.

후루룩.

짜고 매운 강렬한 맛이 쉴루스의 긴 혓바닥에 고루 퍼졌다.

이윽고 면이 식도를 타고 넘어갔을 땐 속에서 불이 일어나는 것만 같았다.

조금은 고통스러웠지만 못 견딜 정도는 아니었다.

참 알다가도 모를 일이었다. 괴로웠으면 그만둬야 정상일진대, 이상하게도 쉴루스는 짬뽕 면을 다시 집고 있었다.

쩝쩝.

쉴루스가 정신을 차려 보니 면발은 더 없었다.

국물도 없었다. 자신은 이빨에 낀 남은 면발을 혓바닥으로 빼내 되새김질하고 있을 뿐이었다.

퐁당퐁당 빠진 조개는 또 언제 건져 먹었단 말인가?

쉴루스에게는 걸쭉한 면 요리도 일품이었지만, 국물이 담긴 이 면 요리가 더 뛰어났다.

사우나 후 먹는 짬뽕 맛에 감동이라도 한 것일까?

한동안 쉴루스는 동칠을 뚫어져라 바라보았다.

"이게 정말 동칠 그대가 만든 것인가?"

동칠은 멋쩍어하며 고개를 끄덕였고, 쉴루스는 칭찬을 아끼지 않았다.

"훌륭하다."

그 말은 요리사가 들을 수 있는 최고의 찬사와 같았다.

동칠은 붕 뜬 기분을 좀체 억누를 수 없었다.

어느새 자장면과 짬뽕을 다 먹어치운 페라쿠스가 로드의 눈치만 보고 있었다. 탕수육을 집어먹고 싶은데 아직 로드의 젓가락이 닿질 않은 것이다.

점잔 떨고 있지만 이브릴도 맛에는 탄복하는 중이었다. 머리는 인정하기 싫은데 입이 따라주질 않는다.

동칠이 만든 음식들은 그야말로 유혹 덩어리였다.

그 증명으로 이브릴의 입가에는 침이 한 덩이나 고여 있었다.

로드가 너무 뜸을 들인 나머지 고인 침은 입술을 타고 흘러내렸고, 체면이 바닥으로 떨어질 것이 염려되어 이브릴은 그를 급히 빨아들였다.

"츄릅."

차라리 안 빨아들인 모양새가 나았을 뻔했다. 소리가 나기 전까진 누구도 이브릴을 주시하고 있지 않았으므로.

롬은 보고도 못 본 척 눈을 내리깔았으나 동칠과 샨, 판테스는 멀뚱히 그 광경을 보았다. 또한 페라쿠스는 대놓고 웃겠다는 듯 눈초리를 휘었다.

이 무슨 조롱거리란 말인가!

이브릴은 쥐구멍이라도 있으면 숨고 싶은 생각이었다.

그때, 쉴루스가 가만히 웃으며 젓가락으로 탕수육을 집었다.

"이건 또 무슨 음식일까, 심히 기대가 되는군."

이미 입안의 양념을 혓바닥으로 말끔히 제거하고 난 후였다. 쉴루스는 동칠의 요리를 높이 사 개개의 음식 맛에 대한 평가를 내리고 싶었던 것이다.

온화하던 표정이 입속에 탕수육을 하나 넣음으로써 경직되었다.

사르르.

단맛이 감돌았다. 이어서 말로는 형언 못할 여운이 입속 가득 퍼졌다.

'…왜?'

몇 번 씹지도 않았는데 녹아서 사라져 버렸다. 그에 의문이 아니 들 수 없었다.

"이건 무슨 음식이지?"

"탕수육이야."

쉴루스는 맛에 대한 평가를 내릴 수가 없었다. 탕수육 한 개는 너무 금세 녹아버렸기에…….

그가 재차 젓가락을 가져갔을 때, 뒤늦게 탕수육을 집으려던 페라쿠스의 젓가락과 맞닿았다.

로드의 쌀쌀맞은 눈초리를 접한 페라쿠스는 꼬리를 말고

젓가락을 회수했다.

그렇게 쉴루스는 2개째의 탕수육을 맛보았다.

"음……."

혓바닥에 가만히 올려 둔 채 굴려 보았다.

참으로 놀라운 건 그럼에도 이 음식이 녹아버렸다는 점이다.

이브릴도 시식을 했다.

그 무렵 페라쿠스의 젓가락이 빨라지더니, 급기야는 두세 개의 탕수육을 한 번에 집어대기 시작했다.

그것이 로드의 눈총을 사는 행동인 줄도 모르고…….

페라쿠스가 정신을 차렸을 땐 남아 있는 탕수육이라곤 달랑 한 개였다.

쉴루스는 욕심 많은 페라쿠스를 꾸짖었다.

"왜, 다 먹지 그러느냐?"

"제, 제가 다 먹은 겁니까?"

거의 모두를 페라쿠스가 먹었다고 봐야 맞았다.

그가 걸신들린 양 먹어치우는 바람에 쉴루스는 눈살을 찌푸리며 젓가락을 놓았고, 이브릴도 로드가 저기압인 것을 보고 시식을 멈췄으므로.

황망해하며 되묻는 말에 쉴루스가 짜증 어린 기색으로 재차 타박했다.

"그럼 내가 다 먹었을까?"

냉랭해진 분위기에 동칠이 머쓱히 웃으며 돌아섰다.
"양이 적었나 보네. 좀 더 만들어올게."
페라쿠스는 그저 고마울 따름이었다. 궁지에 내몰린 자신을 구해주지 않았는가.
동칠이 요리를 다시 내오기까지는 채 30분이 걸리지 않았다.
쉴루스는 그 점조차도 심히 놀라웠다.
"이런 음식을 이렇게 짧은 시간 안에 만들 수 있다는 것인가?"
"뭐, 센 불에서 요리를 하니까."
아까와는 다르게 탕수육의 양이 많다.
그렇게 동칠은 맛있게 탕수육을 먹는 드래곤들을 두고 빈 그릇들만 챙겨 판테스, 샨과 함께 레어를 빠져나왔다.

테미노 전투에서 승리를 거둔 동칠교의 행진은 그야말로 위풍당당했다.

 전투에서 패해 포로로 잡힌 신성 제국의 병사들은 오랏줄에 묶여 줄줄이 끌려 다녔다.

 동칠교가 반란군과 손을 잡았다고는 하지만, 이 전쟁은 명백히 그들과 신성 제국 간의 전쟁이었다.

 테미노 전투는 비록 그 전쟁의 일부일 뿐이지만, 신성 제국의 강성한 군대를 상대로 동칠교가 승리를 쟁취했다는 것 자체가 경이로운 일이었다.

 그러나 대부분의 세상 사람들은 동칠교의 승리를 마뜩찮게 여겼다.

"세상이 어찌 되려고……."

 믿는 자이건, 믿지 않는 자이건 관계없이 대다수의 사람들이 신성 제국만이 올바른 신앙의 표본이라 믿고 있었던 까닭이다.

 게다가 동칠교의 악행들이 세간에 알려짐으로써 많은 사람들은 동칠교란 자체를 색안경을 끼고 바라보기 일쑤였다.

 하지만 동칠교를 적대시하는 이들은 넘쳐 났을지 몰라도, 대놓고 그들을 다그치거나 혼을 낼 간 큰 위인들은 드물었다.

"자네, 제정신인가? 목소리를 낮추게. 저들이 들으면 큰일 날 소리를 하는군."

 테미노가 동칠교의 손아귀에 들어가게 된 이상 이곳 사람들이 점령군인 동칠교도들의 비위를 상하게 해서 이로울 것은 없었다.

 반면에 전투를 승리로 이끈 주역들은 이 도시에서 누구도 거칠 것이 없다는 듯 득의양양했다.

"테미노를 점령했다는 사실만으로 자유의 세상이 한 걸음 다가온 것 같소이다."

 동칠교도들에게 있어 '자유의 세상'이란 누구나 종교의 자유를 누릴 수 있는 세상을 일컫는 말이었다.

 동칠교도들은 신성 제국이 대신관 크라피스를 앞세워 종교의 자유를 침해하고 박해한다는 사실에 불같이 들고일어났다.

 그러나 이 같은 활약은 순수한 동칠교의 힘만으로는 버거운 일이었다. 마잔베르크를 통한 협력자들의 혁혁한 공로가 있었기에 가능했다고 봐야 하는 것이다.

 대륙의 판세를 뒤집을 수 있다는 달콤한 말에 동칠교의 중진들은 수뇌부의 결정에 따라 마잔베르크와 손을 잡고 천문학적인 돈을 쏟아부었다.

 그 결과가 오늘을 있게 한 것이나 진배없었다.

 동칠교의 간부이자 이 전투의 책임을 맡은 사하란은 아낌없이 협력해준 반제국 연합의 랄크에게 감사의 뜻을 전했다.

 "이 모두 장군의 덕택이오."

 그러자 랄크는 겸양의 뜻을 내비쳤다.

 "공을 내게만 돌리시니 몸 둘 바를 모르겠구려. 나는 우리 모두 한마음 한뜻으로 뭉쳤기에 가능한 일이었다고 보오."

 동칠교와 반제국 연합의 동맹!

 이에는 온 대륙을 자신의 지배하에 놓으려는 마잔베르크의 계산이 치밀하게 깔려 있었다.

 동칠교의 수뇌부들도 마잔베르크의 야망을 모르는 것은 아니었다. 다만, 두 세력은 가는 길이 달랐다.

 마잔베르크는 크루거 제국을 쓰러뜨리고 대륙의 패권을 손에 넣기 위함이었고, 동칠교는 신성 제국을 무너뜨려 세세에 널리 동칠교를 전파하려 한 것이다.

신성 제국이 동칠교를 노리고 있는 상황에서 조용한 크루거 제국을 들쑤셔 봐야 좋을 것은 없었기에 협상의 우선순위는 금세 결정되었다.

신성 제국을 먼저 무너뜨린 후, 총공세를 펼쳐 크루거 제국을 노리기로!

그 계획은 순탄하게 흘러만 갔다.

전마 위에서 흐뭇하게 웃고 있던 랄크 장군에게 파발마가 도달했다.

그는 즉각 말에서 뛰어내려 부복을 한 뒤, 두 손으로 전서를 전했다.

그것을 유심히 읽어보던 랄크가 입가에 미소를 걸치자, 사하란이 궁금함을 참지 못하고 물었다.

"좋은 일입니까?"

랄크는 마땅히 환하게 웃으며 대답해주었다.

"파나하 전투도 승리했다는구려."

"그게 정말입니까?"

"물론이요. 여기 그렇게 적혀 있으니!"

동칠교 내의 모든 사람들이 같을 수 없듯 일신의 영달만 추구하는 무리도 있었던 반면에 진정 신앙심이 두터운 이들도 있었다.

사하란은 후자에 속했다.

진정 그는 이제 동칠교를 세세에 널리 전파할 수 있다는 기대에 부풀어 입이 찢어질 정도로 기분이 좋아졌다.

'곧 우리 동칠교 신도들을 위한 세상이 열릴 것이다.'

바로 그때였다.

군중들 틈바구니에서 흑발의 한 청년이 걸어 나왔다. 그러더니 길을 가로막고 대뜸 하는 말이 이러했다.

"포로를 풀어줘."

사하란을 포함한 점령군들은 너무 어처구니가 없었다.

보다 못한 랄크의 부관이 나섰다.

"이봐, 무슨 배짱으로 우릴 가로막는지 모르겠지만 말발굽에 밟히기 싫다면 냉큼 비키는 게 좋을 게다!"

전쟁 통에 사람 하나 죽이는 것쯤은 일도 아니다.

도발을 해오는 저 청년을 밟아 죽인다면 어쩌면 이곳 사람들에게 기어오르지 말라는 좋은 본보기가 될 수도 있을 터였다.

그러나 사하란의 마음은 달랐다.

그는 이곳 사람들 전부를 잠재적인 신도로 보았기에 태도를 좋게 했다. 동칠교가 전하는 이념과 기본 정신이 결코 신성 제국에 뒤쳐져서는 안 된다는 경쟁심 때문이었다.

해서, 사하란은 괘씸하게 앞을 막아선 청년에게도 자비로운 목소리로 물었다.

"젊은이, 신성 제국에서 보냈나?"

뭉툭한 코, 툭 불거진 입술, 가늘게 찢어진 눈의, 잘생겼다기보다는 개성이 강한 청년은 묵묵히 고개를 저었다.

그에 사하란은 질문을 달리했다.

"그럼 이들 중 가족이 있나?"

이번에도 흑발의 청년은 고개를 흔들었다.

청년과 사하란이 오래도록 시선을 마주치고 있는 것을 보자니 랄크는 답답했다.

"이보시오, 사하란. 당신 마음을 모르는 것은 아니지만, 다른 사람 생각도 해주어야 하오. 언제까지 저자와 시간을 허비할 수는 없소이다."

오랜 전투로 군대는 지쳐 있으므로 당연히 쉬게 해주어야 하고, 술과 안주를 내어 사기도 드높여 주어야 한다.

타인의 이목 때문에 이 자리에서 오매불망 동칠교의 자비로움만 내보여 줄 수는 없다는 얘기다.

사하란은 손짓으로 그런 랄크에게 양해를 구한 뒤 청년에게 재차 물었다.

"그럼 그대는 왜 우리 앞길을 가로막았지?"

그 물음을 묵살한 채 청년은 굳게 닫혀 있던 입을 열었다.

"너희는 누구를 믿지?"

사하란은 갸웃거렸다. 말하는 투가 꼭 알고도 묻는 질문 같질 않은가!

그러나 모두의 눈치가 사하란과 같진 않았다. 그를 따라 이곳 전장에 발을 디딘 동칠교의 간부가 꼭 그래서 청년을 비웃듯 중얼거렸다.
"여기에 우리가 동칠교라는 걸 모르는 이도 있었나?"
"나는 너희에게 전쟁을 벌이라는 명령을 내린 적이 없는데……."
"무슨 소리냐?"
격분한 음성에도 청년은 의연한 자세로 일관하며 침착하고 당당하게 말했다.
"내가 동칠이다."
그 한마디가 좌중에 큰 파장을 일으켰다.
웅성웅성.
모여 있던 군중의 수군거림이 끊이지를 않았다. 사하란과 동칠교의 신도들도 지극히 혼란스러웠다.
'저 사람이 동칠이라고……?'
더 방관해서는 안 되겠다는 판단이 들었던 나머지 동칠교의 간부가 청년의 언사를 맵차게 꾸짖었다.
"네 이놈! 그 무슨 망발이냐? 한번 뱉은 말은 주워 담을 수 없는 법이거늘, 어디 그분의 이름을 함부로 입에 올린다는 말이냐! 정녕 동칠 신이 두렵지 않은 게냐?"
당사자인 청년은 정말 동칠이었다. 그러니 떳떳할 수 있는 것이다.
동칠이 뚫어져라 노려보자 동칠교의 간부는 찔끔했다.

'정말 저 청년이 동칠 신이라면 우린 어떻게 되는 거지?'
 때를 놓치지 않고 동칠이 이죽거렸다.
 "나 같은 생김새를 가진 사람은 그다지 흔하지 않은 걸로 아는데."
 흔할 리가 없었다. 외모만으로 따지자면 동칠은 이방인에 가까웠으므로.
 이 세계에 서구적인 외모를 가진 사람은 많았어도 동양의 오밀조밀한 외모를 지닌 이는 무척이나 드물었다.
 있다고 해봐야 단 3명! 와룡반점과 엮여 넘어온 동칠, 삼식, 동준 그들이 전부다.
 한 청년의 등장으로 동칠교가 흔들리고 있다.
 상황이 이상하게 꼬여 가는 걸 느끼고 랄크가 타박하듯 사하란에게 말을 전했다.
 "동칠 신을 당신은 보았을 게 아니요."
 "나, 나도 뵙지 못했소. 그분이 어떻게 생겼는지는 모른다오. 다만 우리와는 아주 다른 모습이라고만……."
 사하란은 아직까지 당황하는 모습이 역력했다.
 그의 입장에서는 당연한 일이었다. 저 청년이 정말 동칠 신이라면 그를 앞에 두고 이렇듯 높다란 마상에서 내려 본다는 것만도 불경한 짓이었다.
 예상 못한 상황에 어떻게 해야 좋을지를 몰라 고뇌가 계속되었다.

그러나 독실한 동칠교 신자인 그는 신앙이 우선이라 판단하고서 진중하게 물었다.

"다, 당신을 좀 더 증명해주시오."

그에 무리들 사이에서 두 사람이 더 나왔다.

"내가 보증하지."

"나도 보증하겠소."

가르데일과 데몬이었다.

이 중 용케도 가르데일을 알아보는 이가 있었다. 바로 랄크의 부관이었다.

"호, 혹시 당신은… 루션 왕국의 가르데일 공?"

과거의 명성이 녹슬지 않았다는 데 대해 가르데일은 멋쩍게 웃으면서도 대답을 피하지는 않았다.

"과거엔 그랬지."

당시 가르데일 공작에 관한 이야기들은 놀라운 것이었으며, 랄크의 부관 라르고 역시도 그의 무용담을 듣고 자라왔다.

무리도 아니었다. 루션 왕국 일대에서 가르데일만 한 무위를 가진 인물은 전무한 실정이었으므로.

또래의 아이들과 부단히도 그의 발자취를 좇았던 라르고였다.

그 영웅 놀이는 이젠 아련한 추억이 되어버렸다.

그와는 다르게 랄크는 이 상황을 지켜만 보고 있을 수 없었다.

'만일 저자가 정말 동칠이라면…….'

정황상 저 청년은 이 전쟁을 원치 않는 눈치였다. 자칫하면 방향이 엉뚱한 쪽으로 흘러갈 수 있으니 논란이 될 만한 거리는 사전에 차단해야 했다.

랄크는 불특정 다수에게 엄명을 내렸다.

"질서를 문란케 하는 자들이다. 저들을 포박하라!"

"잠깐!"

사하란이 제지코자 했으나 랄크는 더욱 고성을 내질렀다.

"뭣들 하느냐! 내 명령을 무시할 셈이냐?"

보병들이 병장기를 앞세우며 동칠 일행을 압박해가자 사하란은 부득불 따지고 나섰다.

"이게 무슨 짓이오? 모든 일은 나와 상의하기로 했지 않았소."

"정신 차리시오. 당신들의 그 신이 이곳에 나타날 리가 없잖소. 긴 전투로 대사제의 판단력이 흐려지신 모양이오. 저들을 붙잡아 내 직접 심문할 것이오!"

그러나 말과는 다르게 랄크는 사하란에게서 시선을 거두고 실력이 출중한 기사들 몇에게 살심을 담은 눈짓을 보냈다.

'죽여라.'

10년도 넘게 랄크를 따른 기사들은 재깍 그 뜻을 헤아리고

서 보병들의 뒤로 천천히 따라붙었다.

보병들은 충실히 명을 따르려 동칠을 중심으로 빙 둘러섰고, 그들 중 다섯의 창병이 창끝을 겨누며 위협했다.

"순순히 따르면 해치지는 않겠다. 무기를 버려라."

그러나 가르데일이나 데몬은 그 말을 따라주고픈 생각이 전연 없었다.

"싫은데?"

가르데일의 치기 어린 말투에 데몬이 쓴웃음을 지었다.

"그냥 무시하면 되지, 굳이 말로 해야겠습니까?"

창병들은 눈살을 찌푸리더니 창끝을 더 길게 내밀었다. 여차하면 찌르겠다는 엄포였다.

"이거야 원, 무서워서 사지가 벌벌 떨리는군."

가르데일이 계속해서 태연함을 보이는 바람에 창끝은 어느새 세 사람의 코끝에까지 다가왔다.

상황이 이렇다 보니 데몬은 당혹스러웠다.

"농은 그만 던지시고 이분들 처리 좀 하시죠. 어르신만 믿고 전 주문 영창도 하지 않았잖습니까."

그 찰나, 가르데일의 신형이 번쩍였다.

서거걱.

창병들은 황당해했다.

소리가 들린 직후, 금방 전까지만 해도 세 사람의 코를 꿰어버릴 듯했던 창날이 그것을 물고 있던 자루와 함께 매끄

럽게 잘려 나갔기 때문이다.

 자신들이 들고 있는 것은 이제 살상 무기라기보다는 그저 몽둥이라 봐야 했다.

 창병들은 자루의 끝 부분이 잘려 나간 원인조차 파악하지 못했다.

 '어떻게?'

 가르데일이 워낙 빨리 움직이는 바람에 그 잔상이 남아 있었으니, 저마다 깜빡 정신을 놓았거나 홀렸다는 생각이 지배적이었다.

 얼빠진 이 모습을 상관들이 보고 있을 것!

 이가 없으면 잇몸으로라도 물어뜯어야 한다는 각오로 창병들은 기합을 내지르며 가르데일을 후려치겠다고 창대를 휘둘렀다.

 "이야앗!"

 그러자 여유 있게 미소를 지으며 가르데일은 보검 자르도닉스를 빼었다 집어넣었다.

 츠카악!

 토톡. 토도독.

 누구나 그의 검이 그저 허공에 궤적을 그렸다고 생각할 즈음, 창대들이 동강동강 나며 떨어졌다.

 종국에 창병들이 쥐고 있는 것이라고는 한 뼘 길이의 나무 토막뿐이었다.

조금만 더 길게 쳤어도 팔목이 떨어져 나갔으리라!

그들이 말로는 표현 못할 섬뜩함에 질려 옴짝달싹 못하고 있는 것을 뒤쪽의 기사들이 질타했다.

"멍청한 놈들, 비켜라!"

그제야 정신이 드는지 엉거주춤 창병들이 물러섰고, 그 자리를 기사들이 메웠다.

"이러니 오합지졸이라는 소리를 듣지. 머릿수 채우는 것 빼고는 쓸모없는 것들!"

기사들이 모진 말로 헐뜯어도 창병들은 뭐라 대꾸도 할 수 없었다. 전장에서는 상관의 말이 곧 법이기 때문이다.

랄크로부터 신호를 받은 뒤였기에 기사들은 처음부터 가르데일을 향한 눈에 살심을 품었다.

스윽.

한마디 얘기도 섞지 않고 거리를 좁혀 오는 기사. 시간 간격을 두고 다른 한 기사가 걸어 나왔다.

또 한 명, 그리고 또 한 명······.

공통점이라고는 지척에 이르기까지 누구도 검을 뽑지 않았다는 점이다.

가르데일은 그를 흥미롭게 지켜보며 중얼거렸다.

"발검에는 자신이 있다 이건가?"

바로 그 순간, 기사들이 눈을 살쾡이처럼 치뜨고서 동시에 검을 뽑았다.

카가칵!

그 위세가 사람을 가르고도 남았음인데, 검로는 자르도닉스라 불리는 적갈색의 쇠붙이에 의해 도중에 막혀 버렸다.

짙은 마찰음이 징을 두드린 듯 공명했다.

찌엉.

자르도닉스에 실린 강대한 힘에 기사들은 너 나 할 것 없이 자욱이 흙먼지를 일으키며 무기력하게 밀려날 수밖에 없었다.

팔목이 욱신거리는 고통에 기사들의 얼굴이 짓이겨지는 가운데, 뼈가 부러져 팔을 벌벌 떠는 자까지 있었다.

기사들의 사정이 그러하니 보병들은 한 발도 앞으로 나서지 못했다.

그 광경에 랄크의 경각심이 곤두섰다.

'제길, 가르데일 공의 실력이 뛰어나다는 것쯤은 알고 있었지만 저 정도라고는……'

라르고의 사고는 랄크보다 더 복잡했다.

'대장께서는 분명 수로 밀어붙이려 하실 것이다. 가르데일 공이 여기서 뼈를 묻을 각오로 싸운다면 모르겠지만, 그는 분명 지는 싸움을 하지 않을 터인데……'

싸우다 빠지면 그만이 아닌가. 그렇게 되면 피해는 이쪽만 입게 된다.

이런 일에 얽혀 병력이 소모되는 건 누구도 원치 않는 일이었다.

그의 짐작이 틀리지 않았음을 증명해주기라도 하듯 랄크가 큰 소리를 내질렀다.

"전 병력에게 명하노니 저자들을 제압하라! 저들의 목을 가져오는 자에게는 내가 직접 큰 상을 내릴 것이다!"

"이, 이보시오!"

잔인한 명령에 사하란이 이의를 제기했으나 랄크는 들은 체도 않았다.

적은 단신, 이쪽은 수백 명이다.

이기지 못할 싸움이 아니었기에, 공에 눈이 먼 병사들은 가르데일을 향해 들개처럼 달려들었다.

그때, 느닷없이 땅이 벌어지며 검은 손들이 튀어나와 무작위로 병사들의 발목을 붙들었다. 데몬의 흑마법이 펼쳐진 것이다.

기괴한 상황에 명령을 내린 랄크마저 아연실색했다.

푸콱! 덥석! 푸콱! 텁!

앞의 사정도 모르고 뒤에서는 끊임없이 병사들이 달려오고 있다.

불행한 건 발목을 붙들린 병사들이었다.

"으아악!"

"바, 발! 크윽!"

같은 편에게 치이고 밟힌 병사들에게서는 고욕과 아픔에

저린 비명들이 터져 나왔다.

건물과 건물 사이의 폭이 그다지 넓지 않았기에 가두는 졸지에 아수라장이 되어버렸다.

길이 순탄치 않게 되었으니 병사들은 다른 방향을 모색해 봐야만 했다.

'골목!'

건물과 건물 사이의 길로 간다면 될 터였다.

한데, 그 길은 어느새 동칠교 신도들에 의해 막혀 있었다. 게다가 미리 그 길을 통해 다다른 신도들이 병사들로 하여금 더는 접근을 못하게 떡하니 버티고 섰다.

그리고 가장 우군이어야 할 사람인 사하란이 그사이에 달라진 뜻을 피력했다.

"내 이 자리에서 단단히 일러두리다! 더 이상 다가온다면 우리 동칠교와 척을 져야 할 것이오!"

❋ ❋ ❋

마왕 바이돈크라우스의 진군엔 막힘이 없었다.

보다 많은 생명체의 영혼이 단지로 들어감으로써 바이돈크라우스의 형상도 차츰 진해졌다.

그리고 급기야는…….

크오오오~

그것은 가슴을 펴고 포효했다. 그 여운은 결코 적지 않았다.

고막이 터져 버려 귀에서 피를 줄줄 흘리는 이들이 있는가 하면, 머리로까지 전해진 충격에 그 자리에서 졸도하여 게거품을 무는 이들도 있었다.

바이돈크라우스는 곧장 크루거 제국으로 향하고 있었지만 앞에 놓인 모든 것을 파괴했기에 그 길에 놓인 각 왕국과 공국에서는 절대 이 일을 간과할 수 없었고, 그 때문에 군대를 급파했다.

하지만 군대는 상황을 더 악화시킬 뿐이었다.

"저, 저것은 무엇이냐?"

핏빛의 안개가 걷혀진 자리에는 수십여 미터에 이르는 신장에 검은 쇳덩이를 둘러쓴 듯한 육신의 주인이 까맣게 몰려든 인간들을 오시하고 있었다.

질문이 여기저기서 터졌지만 그가 마계의 왕 중 한 명인 마왕 바이돈크라우스라는 것을 아는 자는 이 자리에 없었던 관계로 무수한 추측들만 나돌았다.

"몬스터가 아닐까요?"

"거인족?"

바이돈크라우스는 성가신 인간들의 얘기를 들어주고픈 맘이 없었다.

그의 앙상한 손바닥이 하늘을 향해 들렸다. 그러자 사방의 땅이 갈라지며 무섭게 일어나기 시작했다.

부두두둑.

"으아아악!"

히히힝!

벌어진 틈 사이로 병사며 말이며 할 것 없이 다 떨어졌다.

무려 1만에 육박하던 병사들이 손쓸 틈도 없이 반으로, 또 반으로 줄어들었다.

남아 있는 자들의 얼굴에서는 여유는 물론 핏기마저 싹 가셨고, 무리에서 이탈하는 병력들도 속출하기 시작했다.

"살려 줘~"

아비규환!

이런 상황에서 땅에 발을 붙이고 서 있는 것 자체가 어리석음이다.

지휘관들은 남아 있는 병력만이라도 챙겨야 했다.

"전군, 퇴각! 퇴각하라!"

더 이상 서 있는 군대가 없게 되었을 때 바이돈크라우스는 팔을 내렸고, 그제야 기괴하게 솟아난 돌부리들이 그 많은 인간들을 집어삼킨 채로 아물어들며 닫혔다.

그 대지 위에 바이돈크라우스가 첫발을 내디뎠다.

저벅.

문득 바이돈크라우스는 발걸음을 멈추고 뒤를 돌아보았다.

하수인인 동준이 아무 생각 없이 단지를 들고 뒤따르는 중이었다.

 바이돈크라우스는 자신이 현신한 이상 이제는 쓸모없어진 이 인간에 대한 처리를 두고 고심하고 있었다.

 하여 가까이로 손을 가져갔으나, 동준은 그 같은 위협에도 움츠러들지 않았다. 일말의 의식도 없었기 때문이다.

 그에 재미있는 장난감이란 생각이 들어 바이돈크라우스는 거대한 손바닥을 회수하고 돌아섰다.

 그리고 그 손바닥을 대지에 대었을 때, 거대한 육망성이 생겨났으며 주변의 돌이 가루가 되어 모여들었다.

 바쉬진 돌가루들은 다시금 뭉쳐 바이돈크라우스마저 드나들 수 있을 만한 크기의 돌문으로 탈바꿈했다.

 이어 바이돈크라우스가 앙상한 새끼손가락을 깨물어 검은 피를 뿌리니 육망성은 칙칙한 빛을 뿜어냈고, 그의 피를 머금은 대지가 마계의 땅처럼 변해가기 시작했다.

 투두둑.

 대지를 타고 검붉은 혈맥이 핏줄처럼 일어섰으며, 그로 인해 돌문 주변은 음산함을 더해갔다.

 급기야는 황량해진 땅에 들어선 돌문에서 마물들이 기어 나왔다.

 바이돈크라우스는 이 땅에 마계와 통하는 공간을 열어버린 것이다.

할 일을 마쳤다는 듯 그는 동준과 함께 크루거 제국을 향해 서서히 나아갔다.

"종말의 순간이 도래했다!"
"모두 죽을 거야, 모두!"
거리는 불안감을 조성하는 이들로 넘쳐 났지만 시민들은 그들을 정신병자로 분류할 수 없었다.
신성 제국과 동칠교의 전쟁, 그리고 대륙 각지에서 일어나는 정체불명의 괴현상들은 정말로 대륙의 종말을 암시하는 것 같았기 때문이다.
그 와중에도 신을 믿는 자들은 회개하려 부단히도 노력했던 데 반해, 많은 사람들은 이 혼란의 시기를 틈타 온갖 범죄를 저질렀다. 죽기 전 배불리 먹고 맘껏 쾌락이나 즐겨 보자는 식이었다.

타락한 인간들은 동물 그 이하였다.

그 이유로 상점들이 영업을 중지했으며, 사람들은 거리로 나오지를 않았다.

부드드등.

이반을 뒤에 태운 오토바이를 세우면서 삼식은 특유의 목소리로 불만부터 쏟아냈다.

"음식점이 다 문을 닫으면 어쩌자는 거야?"

작금의 상황은 삼식이나 이반과 같은 행객들에게는 실로 불행한 일이 아닐 수 없었다. 생필품을 구입하는 것은 고사하고 끼니를 때울 곳조차 마땅치 않았기 때문이다.

오늘도 아침부터 끼니를 거른지라 삼식의 심기는 매우 불편했다.

이반은 그런 제자의 화를 삭여 주려 애를 썼다.

"그 사람들 탓이 아니라니까 그러는구나. 미치지 않고서야 이런 상황에서 장사를 할 수 있겠느냐? 잘못은……."

"알아, 알아. 망할 놈의 마왕 같으니……."

벌써 수십 번이나 삼식은 같은 말을 들었다.

잘못은 이 같은 불안함을 조성하는 마왕에게 있노라고.

여기까지 이동하면서 들은 얘기로는 놈의 손에 죽은 인간의 수가 수십만에 달한다고 했다.

이제는 대륙에서 신성 제국과 동칠교의 전쟁보다 정체불명의 괴현상들이 더 큰 화두로 떠오른 것이다.

이반은 들려오는 괴현상들이 마왕 바이돈크라우스의 짓일 거라 믿어 의심치 않았다.

그때, 불쑥 골목을 돌아 나온 한 패거리가 장도리 등으로 유리를 부수며 식품 상점으로의 난입을 시도했다.

이 같은 일을 목격한 것만도 하두 번이 아닌지라 삼식은 나직이 한숨을 내쉬었다. 저런 놈들을 모두 손보자면 한도 끝도 없을 것을 잘 알아서였다.

그러나 막상 그들이 먹을 것을 들고 나오니 삼식의 생각은 달라졌다.

"스승, 저놈들 손 좀 봐야겠어."

그리고 스스럼없이 오토바이에서 내려서는 삼식을 이반은 말리지 않았다. 당장은 주린 배를 채워야 했던 탓이다.

투다닥. 퍽퍽. 꽈당.

상점을 털기 위해 지참해온 무기를 휘두르기는커녕 주먹 한 번 못 날려 보고 도합 6명의 패거리가 삼식에 의해 길바닥에 쓰러졌다.

삼식이 그들에게 달려가고 요절을 내는 데는 그리 많은 시간이 소요되지 않았다. 그들의 옷에서 날린 먼지들이 바닥으로 내려앉기도 전에 상황은 종료되었으니까.

곧이어 그들이 흘린 빵과 말린 고기들 중 일부를 삼식은 양심의 가책도 없이 주워들었다.

"나쁜 놈들, 어디서 염치없이 도둑질을……."

상점 주인이 들으면 발끈할 소리였다. 엄밀히 따지면 삼식도 도둑이기 때문이다.

습득한 음식을 들고 삼식은 태연하게 오토바이로 돌아갔고, 그렇게 근 하루 만에 스승과 제자의 단란한 식사가 이뤄졌다.

"정말이지 삼식이 넌, 세상에 대한 적응이 빠르구나."

"그게 내 장점이야. 스승, 저기 땅에 떨어진 음식들 좀 싸갈까?"

"그래야겠지."

말린 고기를 질겅질겅 씹으며 이반은 50센티미터 폭의 마법 가방을 꺼내 패거리들이 쓰러진 곳으로 다가갔다. 일전의 도시에서 마법 상점이 털렸을 때 삼식이 몰래 챙긴 것이었다.

그 가방이 너무 작아 보여 삼식이 부랴부랴 지참한 배낭을 들고 다가갔는데, 이상하게도 이반이 집어넣는 음식 전부가 들어가는 게 아닌가!

삼식은 의아함을 금치 못했다.

"얼레?"

"마법 가방은 처음 보았느냐?"

고개를 끄덕이는 삼식을 보며 이반은 슬그머니 웃었다.

"아직도 촌놈이로구나."

삼식이 막 얼굴을 구기려 할 찰나였다.

꾸둥.

급작스런 울림에 이어 지반이 내려앉으며 인근의 건물이 붕괴되었다.

"으아아악!"

화들짝 놀란 사람들이 비켜서려 했지만, 모두가 피할 순 없어 그중 일부가 건물에 깔려 버렸다.

이반을 보며 삼식이 아연해진 얼굴로 물었다.

"벌써?"

이반과 삼식은 이상한 징후들을 듣고 곧장 크루거 제국으로 달려왔다. 들려오는 이야기들로 미루어 그 경로가 크루거 제국으로 향함이 명백했기 때문이다.

여기 오기 전 미리 마음의 준비를 한 두 사람이지만, 막상 일이 닥쳤다 생각하니 모골이 송연해졌다.

우선 이반이 크게 소리쳤다.

"삼식이 넌 저들부터 구해주려무나!"

"아 씨, 지금 그게 문제야?"

말을 듣지 않는 삼식에게 이반이 딱 한마디를 중얼거렸다.

"영웅."

그 즉시 삼식은 뒤도 돌아보지 않고 달렸다.

삼식은 오로지 영웅이 되기 위해 이 길을 걸어왔다. 이반은 그를 누구보다 잘 알고 있었다.

삼식이 괴력을 발휘해 두 손으로 건물을 들어올리는 사이 이반은 시야를 보다 멀게 두었다. 하지만 자욱한 안개가 앞을 가린 상태에서 침침한 눈으로는 무슨 일이 일어나는지 파악이 불가했다.

그러나 확실히 미심쩍은 구석은 있었다.

"조금 전까지만 해도 없던 안개가 왜……."

그에 대한 추측을 떠올리기도 전이었다.

푸콰콱!

삼식이 들어올린 건물을 뚫고 괴상한 생명체가 모습을 드러냈다.

그것의 흐물거리는 몸통은 흡사 구렁이 같았으며, 네 갈래로 갈라진 머리 부분엔 홍채가 세로로 길게 찢어진 눈이 달려 있었다.

소름 끼치는 모습도 모습이지만 크기도 문제였다.

아직 꼬리 끝 부분이 드러나지도 않았는데 어림잡아도 10미터가 넘을 듯 보인다.

구원을 요청하는 사람의 손을 잡아 잽싸게 밖으로 빼내곤 삼식은 중얼거렸다.

"마왕인가?"

그리고는 등 뒤의 대검에 손을 가져갈 무렵이었다.

불쑥.

의아스럽게도 삼식이 서 있는 곳의 땅도 오랜 숨을 토해내듯 벌어지고 있었다.

사람을 살릴 수 있는 때가 아니었다.

우선은 자신부터 안전해야 한다는 생각에 삼식은 뒤로 펄쩍 뛰었다.

그러자 비로소 그 원인이 밝혀졌다.

붕괴된 건물을 업고 흉포한 야수의 모습을 한 거대한 네발 짐승이 모습을 드러낸 것이다.

조금 전 솟구친 이상한 모습의 구렁이는 놈의 등에 달린 촉수일 뿐이었다.

피륙이 붙었는지 깡마른 육신이었다. 놈의 이마로는 3개의 뿔이 돋아나 있었고, 두껍고 날카로운 어금니가 길게 뻗어 있는 입에서는 검은 침이 질질 흘렀다.

그 기괴한 모습과 엄청난 크기에 삼식도 평정심과 할 말을 잃어버렸다.

놈이 업은 건물이 균형을 잃고 떨어지며 건물 아래 깔렸던 사람들도 덩달아 떨어져 내렸다.

하지만 삼식은 그들의 안위를 돌볼 겨를조차 없었고, 이반도 탄식을 토해내기 바빴다.

"크론델!"

"스, 스승, 알아?"

고개를 끄덕이는 것으로 제자의 질문에 응한 이반.

그의 기억 속에 크론델이라는 지식이 있는 건, 황실의 도서관에서 호기심으로 읽은 고서적 덕분이었다.

고대 마계의 침략이 있던 당시, 파이란 왕국의 첼트 기사단을 몰살시킨 것이 바로 크론델이라 했다.

물론 오늘이 오기 전까지는 이반도 저런 괴물이 실재하는지 반신반의해왔다. 그도 그럴 것이 크론델은 마계의 생명체였기 때문이다.

이 자리에 크론델이 나타났다는 것은 마왕 바이돈크라우스가 마물을 소환했다는 뜻이었다.

바로 오늘 그 실체를 확인하게 된 이반이었지만, 그는 저런 생명체가 전혀 반갑지 않았다. 생각보다 일이 훨씬 커져 가는 것 같아서였다.

'마왕이 아니라 마물들 전부를 상대해야 할는지 모른다.'

그런 생각에 오싹해졌다.

삼식이 인간의 한계를 넘었고 이반 자신의 검술 이론이 거기에 고스란히 더해진다 한들, 마족 전부를 상대로 이겨 내는 건 무리일 듯싶었기 때문이다.

한편, 삼식은 득달같이 달려와 반쯤 넋이 나가 있는 스승의 멱살을 잡고 세탁물 털듯 탈탈 흔들었다.

"저게 뭐냐고, 응?"

"마…마물이다. 이… 인석아, 이것 좀 놔라!"

잘못을 알아챘는지 삼식이 그제야 손을 놓고서 진지해진 어투로 물었다.

"마, 마물? 그게 뭔데?"

이반은 쇠기침을 해대다 호흡을 가다듬고 아는 바를 말했다.

"마계의 생명체란다. 마왕이 불러낸 모양이다."

삼식은 이해가 빨랐다.

"오홍, 그러니까 그놈 부하라는 말이네?"

"그렇지."

그 즉시 삼식은 의욕을 보였다.

"좋아, 저놈부터 쓰러뜨린다. 차근차근 밟아 나가주지!"

하지만 크론델은 삼식은 안중에도 없었다. 모습을 드러낸 이후 닥치는 대로 마을을 부숴나가고 있었으므로.

집 안에 있다간 온전치 못할 것임을 알게 된 사람들이 건물 안에서 쏟아져 나와 비명을 지르며 도망쳤다.

크론델의 진행 방향은 공교롭게도 삼식의 오토바이가 서 있던 바로 그 자리였다.

"아차, 오토바이!"

바람처럼 달려 나가 오토바이에 시동을 걸고 삼식은 달리기 시작했다. 간발의 차였다.

크론델은 빠른 속도로 움직이는 오토바이에 흥미를 가지고 거대한 발톱들을 놀렸다.

쿵! 쿵! 쿵!

정말이지 삼식은 육중한 발톱에 짓눌린 땅이 한 번씩 들썩거리는데도 50cc 오토바이를 기울여 방향을 틀어가며 크론델의 발톱 사이를 요리조리 잘도 빠져나갔다. 자장면 배달로 능숙해진 운전 솜씨 덕분이었다.

크론델이 저 멀리 가고 있는 건 이반에게는 다행이었다.

하지만 그는 오토바이부터 챙기는 삼식에게 맘이 상했다. 자신이 탈것보다 못한 존재가 된 것 같아서였다.

골목골목을 돌아 녀석의 시선까지 교란했던 덕에 삼식은 오토바이를 숨기고 되돌아올 수 있었다.

"스승, 괜찮아?"

이제야 안위를 걱정해주는 삼식. 이반은 부아가 2배로 치밀었다.

'말이라도 못하면 밉지나 않지……'

째려보는 시선도 못 느꼈는지 삼식은 등 뒤의 대검에 손을 가져다댔다. 바로 시작하려는 것이다.

"자, 잠깐……"

말이 끝나기도 전에 땅을 박차고 대각선을 그리며 총알처럼 튀어나가는 삼식을 이반은 타박했다.

"녀석, 성미하고는……"

마을을 폐허로 만드는 것에 온통 정신이 팔려 있던 크론델의 머리에 삼식이 대검을 힘차게 휘둘렀다.

촤악!

방심 때문이었을까? 삼식의 공격이 그대로 먹혀들어가며 크론델의 털이 숭숭 난 길고 뾰족한 귀가 사선으로 길게 찢어져 검은 피를 흩뿌렸다.

"오~!"

"해치웠다!"

이반은 그런 제자가 매우 한심해 보여 칭찬해주려다 말고 핀잔만 주었다.

"인석아! 고작 귀 좀 찢은 거 가지고 해치웠다고?"

멋스럽게 착지한 삼식이 돌아보니 과연 이반의 말처럼 녀석은 멀쩡했다.

"피를 한 바가지나 뿌렸는데?"

"저놈 덩치를 보거라. 저놈한테 한 바가지가 피 같겠느냐?"

스승의 말은 일리가 있었다.

삼식은 경솔했던 자신을 돌아보고 재차 싸움에 임할 각오를 굳혔다.

"좋아. 이번엔 진짜 쓰러뜨려 주겠어."

말을 맺을 무렵, 크론델의 등에 난 촉수가 흐물흐물 높게 치솟더니 삼식이 서 있는 자리를 향해 쾌속으로 파고들었다.

콰앙!

흡사 폭탄이 터진 것만 같았다.

대지가 비틀거린 그 순간, 촉수에 의해 삼식이 서 있던 주변엔 거대한 구멍이 생겨 버렸다.

삼식이 스승 이반을 옆구리에 끼고 뛰어 피했기에 망정이지, 두 사람은 하마터면 저 땅속에 매장되었을 것이다.
 삼식은 불평을 늘어놓을 만큼 여유롭지 못했다. 크론델의 비대한 몸집이 자신을 깔아뭉갤 듯이 다가왔기 때문이다.
 그의 사고는 위기 상황에서 빛을 발했다.
 '일단 스승부터 치우자!'
 곁에 있는다면 방해만 될 것을 잘 알기에 삼식은 크론델을 피해 벼룩처럼 뛰어 반파된 건물 뒤의 안전한 곳에 이반을 내려 두었다.
 "여기서 꼼짝 말고 있어."
 자신을 짐짝 취급하는 것에 이반의 기분이 좋을 리 없었다.
 "야 이놈아, 나이 먹은 것도 서러운데……."
 푸념을 늘어놓기도 전에 삼식은 땅을 박차며 훌쩍 뛰어올랐다.
 그래도 한껏 기대를 걸고 쳐다본 전투에서 삼식은 힘만 넘칠 뿐 이렇다 할 활약을 보이지 못했다.
 "역시 깨달음이 문제일까?"
 한참을 싸웠지만 승기를 잡지 못하는 삼식이었다.
 깨달음 말고도 이유가 있었다.
 유효한 공격을 할라치면 어김없이 크론델의 공격이 이어졌고, 삼식은 제 한 몸 보호하려 피하기에 바빴던 것이다.

"들어갈 땐 확실히 들어가야지!"

"나도 알고 있어!"

 분명 삼식도 그것을 인지하고 있었다. 그러나 저 발톱에 깔리거나 건물마저 박살을 내버리는 등 뒤의 촉수에 맞으면 크게 다칠 것이란 걱정이 앞섰다.

 스스로 세뇌라도 하려는지 삼식은 같은 말만 계속해서 중얼거렸다.

 "…두려움을 떨쳐 내자. 두려움을 떨쳐 내자."

 일개 마물일 뿐이라는 생각에 결국 삼식은 행했다. 공격을 무시하고 파고든 것이다.

 육중한 발톱이 삼식을 찍어버릴 듯했고, 삼식은 땅을 박차고 뛰어오른 속도 그대로 대검을 찔러갔다.

 쾅!

 지면이 들썩거리며 크론델의 움직임이 멈췄다.

 이반은 상황을 확인하고자 시야를 가리는 건물 옆으로 빠져나왔다.

 거대한 발톱 밑에는 삼식이 깔려 있었다.

 "삼식아!!"

 보이는 건 삼식의 머리뿐이다.

 죽은 게 아닐까란 생각이 들었지만, 오만상을 찌푸리는 걸 보니 아직 살아 있는 모양이다.

 다급해진 이반이 달려가려는데 크론델의 발톱이 움직였

다. 삼식의 양손에 의해서…….

 범인이라면 꿈도 못 꿀 괴력이었다.

 삼식이 기어이 그론델의 발톱을 들어올려 일어섰을 때에야 이반은 안도의 한숨을 내쉬었다. 녀석은 그래도 마나를 운용시켜 자신의 몸을 보호하는 방법을 알고 있던 것이다.

 잔뜩 열이 오른 삼식이 땅과 벽을 박차며 크론델을 전 방위로 압박해갔다.

 그의 대검에 의해 창틀이 부서졌으며, 벽이 바숴졌다.

 따지고 보면 삼식이 저 마물보다 건물을 더 부수는 셈이었다.

 "누가 적이고 누가 아군인지……."

 온통 마물과의 싸움에만 정신이 팔린 삼식이라 스승이 꾸짖는 소리가 들릴 리 없었다.

 하지만 영웅이 된다는 것은 쉬운 일이 아니었다.

 장장 10분여에 걸친 싸움으로 이미 마을은 폐허가 되어버렸고, 삼식은 무릎을 꿇고 각혈했다.

 이반은 애타는 마음을 금치 못했다.

 '제발 정신 좀 잃어라. 이놈아!'

 지금까지 삼식이 보여 준 거라고는 주체 못할 마나를 바탕으로 한 강건한 육신과 오기에 가까운 집념뿐이었다.

 물론 귀 좀 찢었고 생채기 좀 냈다. 하지만 고작 그 정도의 상처에 저 마물이 쓰러진다는 건 어불성설이다.

저대로 삼식이 죽어버리면 모든 게 끝이다.

조바심과 불안함 속에 이반은 몸을 부들부들 떨었다.

그때, 제대로 몸을 가누지도 못하던 삼식에게 촉수가 파공성을 흘리며 날아들었다.

휘잉. 쾅!

그 공격에 삼식은 한참을 날아가 땅에 곤두박질쳤다.

털썩!

의식을 잃었는지 좀체 일어나질 않았다.

때를 놓치면 천추의 한으로 남을 것이라 이반이 발 빠리 뛰어갔다.

일어나진 않지만 겉으로는 멀쩡했다.

그사이 크론델은 삼식의 끝장을 보기 위해 한발 한발 내디뎠다.

다리 짧은 이반이 아무리 여러 발을 디뎌도 녀석의 보폭엔 미치지 못했다.

그에 이반은 느린 다리를 탓하며 욕지거리를 내뱉었다.

"망할, 내 몸이 왜 이렇게 노쇠한 것이냐!"

딱 10년만 젊었어도 이 정도로 굼뜨지는 않았을 것이다.

다행히 이반의 거리가 크론델보다는 가까웠다.

가쁜 숨을 내뱉어가며 이반은 두 번 생각해볼 것도 없이 그 자리에 앉아 가부좌를 틀었다.

쿵!

눈대중으로 약 한 걸음만 더 옮기면 녀석이 삼식에게 다다를 것이다.

똥줄이 타들어가는 심정에 이반은 바로 정신 집중에 들어갔다.

'침착하자. 침착……'

막 명상의 세계에 빠져들려던 참이었다.

삼식이 벌떡 일어났다.

"너 이 자식!"

삼식이 재차 크론델에게 달려듦으로써 모든 게 수포로 돌아갔다.

한숨을 쉴 새도 없이 이반은 부랴부랴 일어서 현장에서 대피해야 했다.

정말이지 하늘이 야속했다. 왜 자신에게 이런 시련을 안겨 준다는 말인가!

분노를 머금은 삼식이었지만, 아까와 다를 바 하나 없었다. 삼식은 녀석의 발톱에 치여 또 한 번 나가떨어졌다.

'이… 잃었나?'

이반 그가 궁금한 건 삼식의 정신이었다.

잠시 동안 삼식이 일어나지 않았기에 이반은 턱밑까지 숨이 차올랐음에도 필사적으로 그에게 향했다.

'제자야, 이번엔 제발 일어나지 말아다오.'

하나, 그런 바람과는 다르게 삼식은 이반이 다다를 때에야 튕기듯 몸을 일으키더니 다시금 쏘아져 나갔다.

"이놈! 너 죽고 나 살자!"

삼식이 무모하리만치 용감할 수 있었던 까닭은 아직까지 제 몸에 이렇다 할 상처가 없었기 때문이다.

그는 마나로 벽을 만들어 신체를 보호하는 방법쯤은 진즉에 터득했던 것이다.

그렇게 삼식이 일곱 번 쓰러지고 일곱 번을 일어나자 이반은 골이 다 지끈거리는 것 같았다.

왔다 갔다 뛰어다닌 바람에 진이 다 빠졌다. 이대로 숨이 멈춰버린다 해도 별로 이상할 것도 없어 보였다.

이제나저제나 삼식이 정신을 놓기만을 망연자실 기다리는 것도 지쳐 갔다.

더군다나 이제는 뛸 힘도 없다.

너무 삼식에게 가까이 다가선 나머지 그 자신의 목숨이 위태로워졌다. 필연코 공격이 이곳으로 퍼부어질 것이기 때문이다.

크허어엉!

놈의 포효에 부근의 땅이 꺼지며 내려앉았다.

푸확!

덩달아 이반의 가슴도 철렁했는데, 때를 놓치지 않고 삼식이 위태한 그를 안고 저 멀리로 뛰었다.

한 번의 도약으로 수십 미터를 뛸 수 있는 삼식이기에 다행이었다.

"스승, 왜 자꾸 다가와? 그러다 죽으면 어쩌려고?"

제자의 다그침을 이해 못하는 바는 아니지만, 답답한 건 이반 쪽이었다.

"삼식이 너 안 아프냐?"

"아프지. 안 아플 리가 있겠어?"

이반은 재빠르게 머리를 굴렸다.

"이 스승에게 좋은 방법이 있다. 아프지 않고 저 녀석을 처리할 방법이……."

딱히 녀석을 쓰러뜨릴 방법을 찾지 못하던 터라, 그 소리는 정말 삼식의 귀를 솔깃하게 만들었다.

"정말? 뭔데? 뭔데?"

"우선은 이곳에서 떨어지자. 시간이 좀 걸릴 수 있으니."

"알았어!"

그 즉시 삼식은 이반을 안고 크론델과 거리를 벌렸다.

저 큰 크론델조차도 그 속도는 따라잡기 힘든 것이었기에 삼식은 이반과 함께 안전한 곳에 다다를 수 있었다.

목표지에 안착하자마자 삼식은 재촉부터 했다.

"여기면 됐지? 그래, 방법이 뭐야?"

곧 이반의 작은 음성이 들려왔다.

"마나 벽을 거둬라."

"응?"

"허허, 이 스승의 입을 피곤하게 하는구나. 마나 벽을 거두래도."

"아, 알았어."

그래도 스승의 말이라 삼식은 일체 의심 없이 자신을 보호하고 있던 마나의 벽을 거둬들였다.

이반은 태연히 부러진 나뭇가지를 주워들었다. 제법 두툼한 게 맞으면 꽤 아플 듯싶었다.

"허, 뒤에도 저런 놈이 있었구나."

"어, 어디? 또 뭐가 있어?"

삼식이 고개를 돌린 딱 그 타이밍이었다.

딱!

뒤통수를 후려치는 나뭇가지의 일격! 그 일격에 삼식은 그만 무릎을 꿇었다.

신체의 능력을 향상시키지 않고 마나의 힘에만 의존해왔으니 이렇듯 쉽게 정신을 잃는 것은 어쩌면 당연한 일이었다.

"인석아, 다 널 위해서다."

돌연 이반은 잊은 게 떠올라 품속에 손을 넣어 수면 포션을 꺼내들었다. 사태가 사태이니 만큼 삼식이 좀 오래 누워 있어야만 했기 때문이다.

눕힌 제자의 목을 젖혀 기도를 연 뒤, 이반은 그 목에다 수면 포션 한 병을 죄다 쏟아부었다.

꼴깍꼴깍.

"목 넘김이 좋구나."

쾌재까지 부르며 이반은 그대로 가부좌를 틀었다.

곧 명상이 시작되고, 이반의 영혼은 자유롭게 삼식의 몸으로 파고들었다.

그러자 영혼이 비어버린 이반의 몸이 그대로 쓰러졌고, 그 혼이 들어간 삼식이 매섭게 눈을 떴다.

"이렇게 좋은 몸을 가지고 그 정도밖에 못하다니. 에이~ 모자란 놈!"

의욕은 넘쳤으나 눈이 스르르 감기고 있다.

신체의 영향은 이반 자신에게까지 미친다는 걸 깜빡한 탓이다.

감았던 눈을 치뜨고 또 치뜨길 수차례. 몸의 피로가 누적될수록 삼식은 깊게 곯아떨어져 갔다.

급기야 이반은 자신이 맨바닥에 드러눕고 있다는 사실을 발견했다.

'이래선 안 된다!'

호흡을 고르고 마나를 운용시켜 잠들려던 몸을 각성시켰다.

삼식의 정신도 깨어날지는 알 수 없는 일이었지만, 당장엔 이 방법 말고는 없었다.

다행히 자신의 정신은 또렷해졌지만 삼식은 깨어나지 않

앉다.

 천만다행한 일이라 생각하고 이반은 삼식의 몸을 움직여 대검을 들고 가볍게 발을 놀렸다.

 마치 나뭇잎 위를 걷는달까? 그 움직임이란 좀 전 삼식에 비할 바가 못 되었다.

 지금의 속도는 이반 자신도 종잡을 수 없을 정도였지만, 확실히 삼식의 오토바이 최고 시속보다도 빠르다는 것쯤은 느낄 수 있었다.

 엄청난 맞바람이 불어왔지만, 겉으로 투영된 마나 벽에 의해 흘러나갔다.

 크론델의 모습이 시야에 들어오자 이반은 질주하던 속도 그대로 땅을 박찼다.

 "이여어업!"

 삽시간에 검을 타고 오러가 형성되었다. 소위 소드마스터라 일컫는 자들만 행할 수 있는 검술이었다.

 치렁치렁 뻗어난 오러는 강맹한 기운을 품고 크론델의 목 언저리를 강타했다.

 촤악!

 오러에 목이 갈라져 벌어진 크론델이 괴음을 내지르며 날뛰었다.

 이반은 스스로를 방어하기 위해 크게 원을 그리며 공중제비를 돌아 지면에 안전하게 착지했다.

혼돈 • 143

"짧았나?"

땅을 척척하게 적실 정도의 피가 녀석으로부터 쏟아지고 있다. 구린내가 역겹기까지 했다.

그러나 마냥 시간을 끌고 있을 순 없었다. 마물이 기어 나왔다면 저놈 혼자만은 아닐 터. 최단 시간에 끝을 내고 다른 녀석을 처리하러 가야만 한다.

그가 달리기 시작했을 때, 크론델도 괴성을 토하며 마주 달려왔다.

지근거리에서 이반이 급격히 속도를 올려 크론델의 다리 사이를 빠져나갔다. 그리고는 크론델이 미처 돌아서기 전 광륜 나선 베기를 감행했다.

촤촤촤악!

거대한 뒷다리를 타고 오르며 오러가 춤을 추기 시작했다.

이반의 회전이 있을 때마다 크론델의 뒷다리 살집이 벌어지고 안에서 피가 콸콸 쏟아졌다. 그 많은 양의 피는 도랑을 만들고도 남음이 있었다.

뒷다리가 수십 군데 찢어진 까닭에 크론델은 균형을 잃고 자빠졌다.

이반은 그 등줄기에 대검을 박고 치달리기 시작했다.

콰콰콰~!

감당하기 힘든 고통에 크론델이 비명을 질러댔다.

꾸웨웨웩.

하지만 이반은 마물을 긍휼히 여길 생각은 없었다.

발악하듯 흐느적거리던 구렁이 또한 나선 베기의 희생양이 되었다.

그렇게 넓은 등판과 머리, 가슴을 수백 군데나 난자당하자 크론델도 서서히 숨이 멎어갔다.

일방적으로 싸움을 끝냈지만, 이반은 안도할 수 없었다.

마물조차 이리도 질긴데 마왕은 어떻겠는가!

다시 한 번 바트리어스를 의심하는 이반이었다.

크론델을 쓰러뜨린 이반이 다른 쪽으로 고개를 돌릴 즈음이었다.

크론델의 피가 흥건한 곳에서, 그리고 크론델의 육신을 뚫고 기생충들이 튀어나왔다.

쿠웨웩!

전부 다 괴상하게 생겼다. 생김새는 그렇다 쳐도 기생충 따위가 인간의 몸뚱이보다 크면 어쩌자는 말인가!

이반은 괴로운 듯 이마를 짚었다.

여유만 부릴 틈이 없었다. 기생충들 전부가 그를 적으로 인식하고 있었기에.

다시금 대검을 끄집어낸 이반은 수십 개의 발을 놀리며 달려드는 기생충을 그대로 갈랐다.

촤악.

검에 오리를 실을 것도 없었다. 기생충의 몸이란 그리 탄탄하진 못했던 것이다.

수십에 이르는 기생충들은 검이 닿을 때마다 툭툭 터져 나갔고, 이반은 손목을 흔들어 검에 묻은 진녹색의 타액을 떨쳐 냈다.

한데, 문제는 그게 아니었다.

대검이 금세 녹이 슬며 부식이 되더니 기어이 일부분이 녹아 떨어진 것이다.

그뿐이 아니었다.

기생충의 내부에서 지독한 마기가 퍼져 나오며 숨통을 조여 오고 있었다.

"이거 죽여도 문제로군. 마법사들이 정화를 시켜 주지 않으면 골치겠어."

이반은 그대로 자신의 육신을 들고 삼식의 오토바이를 찾아 크론델을 쓰러뜨린 현장을 뜨고자 했다.

그러나 오토바이를 조작해본 적이 없었다.

삼식이 운전하는 것을 대충 훔쳐보기는 했으나, 막상 운전석에 앉으니 어찌해야 될지 갈피가 잡히지 않았다.

"키가 어디 있었는데……."

삼식의 주머니에 손을 넣어보자 열쇠 모양의 쇠붙이가 잡혔다.

이반은 그대로 열쇠를 꺼내 구멍에다 끼워 넣었다.

"어라? 부웅 소리가 나야 하는데."

사람 차별하는 건지 자신이 열쇠를 집어넣을 땐 시동이 걸리지 않았다.

자연히 그 상태에서 레버를 돌린다 한들 오토바이가 앞으로 나아갈 리가 없었다.

이반은 삼식이 열쇠를 돌리는 것까지는 눈여겨보지 않았던 것이다.

끙끙 고민하다가 결국 그는 오토바이를 방치해두기로 했다. 마기가 퍼지지 않은 곳에다 고이 둔 것은 삼식의 원성을 무마시키기 위해서였다.

좀 더 편하게 가보겠다는 욕심을 버린 채, 이반은 자신의 육신을 삼식의 두 손으로 받치고 뛰었다.

여기도… 저기도 폐허 더미였다.

오죽했으면 이게 정말 사람이 살던 세상은 맞는지 의심까지 들었다.

악취가 진동을 했고, 시체가 사방으로 널려 있었다. 이대로 방치하면 굶주린 짐승들이 들러붙을 것이 자명했지만, 이반은 그들을 땅속에 고이 묻어줄 여유가 없었다.

어서 이 원인을 규명하고 처리해야만 사상자가 늘어나지 않을 것이다.

마물들과의 사투 • 151

군데군데 마물들이 보였는데, 산 자를 죽이고 인간들의 주거지를 파괴하는 일이 목적인 듯했다. 죽은 자들 중에는 군병들도 꽤 있었다.

이반은 마물들이 보일 때마다 자신의 육신을 숨겨 두고 필생의 검학을 펼쳐 실력을 발휘했다.

크론델만큼 강대한 마물이 없다는 건 불행 중 다행이었다.

그리고 마물들의 뒤를 쫓은 결과 이반은 한 가지를 알아낼 수 있었다.

"설마 황성으로?"

그렇다. 이들은 크루거 제국의 황궁을 향하고 있었음이다.

이반은 서서히 제국의 강성한 군대들을 볼 수 있었다.

제국의 군대는 황도를 난장판으로 만들고 있는 마물들을 상대했다.

그들의 실력은 마물들을 상대로도 가히 부족함이 없었으나, 부족한 건 수였다.

군대가 어디로 다 빠졌는지 이 사태에도 소수의 병력밖에 내질 않은 것이다.

이반은 힘에 부친 군대를 도와주고는 병력을 통솔하던 부대장에게 그 연유를 물었다.

"황도가 망가져 가는데, 왜 병력이 이것뿐이란 말인가?"

비록 이반이 마물을 처리해준 은인이라고 하나, 그 말씨는 부대장에게 거부감을 불러일으켜 이맛살을 찌푸리게 했다.

주름 가득한 이반이라면 모를까, 지금의 겉모습은 영락없이 삼식인 것이다.

이반은 뒤늦게 실책을 깨닫고는 사족을 덧붙였다.

"…요?"

그제야 부대장이 누그러진 표정으로 선뜻 대답에 응해주었다.

"말도 마시오. 사방이 마족들이외다. 게다가 황성에서도 지원이 늦다오. 무슨 까닭인지는 모르겠지만……."

이반은 조바심만 늘어갔다.

'어쩌면 황성에도…….'

간단히 생각할 문제가 아니었다.

만약 크루거 제국이 무너진다면 대륙은 반드시 혼란에 휩싸일 것이다. 욕심이 가득한 인간들이라면 서로가 다시 피비린내 나는 전쟁을 벌여 우위를 점할 테니까.

인사도 없이 이반은 서둘러 황성으로 향했다.

그들이 젊은 청년의 몸이 흐려졌다는 것을 간파했을 땐, 이미 그는 떠난 뒤였다.

바람을 일으키며 시야에서 삽시간에 사라져 버린 그를 두고 부대장을 포함한 병사들은 입을 쩍 벌렸다.

범인들은 물론, 황궁에도 저런 빠르기의 사내가 존재하는지 의문이 들 정도였다.

드문드문 마물들이 눈에 들어왔지만 이반은 거기에 시선

을 둘 여력이 없었다.

 황궁으로 향하는 최단 거리를 택해 달리는 것만이 해야 할 일이다. 추후의 일은 그때 가서 생각하면 되는 바!

 벌써 수십 킬로미터를 넘게 달린 이반이었지만 호흡은 일정했다. 삼식의 뛰어난 육신 덕분이었다.

 가파른 벼랑을 타고 올라 이반은 산 위에 있는 언덕으로 올라섰다. 이곳이라면 황궁에서 벌어지는 일을 간파할 수 있으리라는 계산이었다.

 과연 황궁이 한눈에 들어왔다.

 그리고 그곳에서 무슨 일이 벌어지는지도 알아챌 수 있었다.

 이 산만큼 크다.

 수천의 황궁 병력이 상대하는 마물은 그래보였다.

 아지랑이처럼 피어나는 암흑의 기운이 그 골렘을 뒤덮고 있었다.

 "아… 암흑의 골렘……."

 이 대륙에 저런 생명체가 있다는 건 가당치도 않다.

 후려친 주먹에 수십의 병사들이 뭉그러져서 나동그라졌다.

 어지간한 병장기는 소용도 없었다. 놈의 동체에 화살이 박히기는 했으나 이쑤시개만도 못했으며, 검으로는 생채기도 낼 수 없었다.

비산하는 마법들이 그 동체에 맞닿았으나 이렇다 할 충격도 주지 못하는 듯했다.

비로소 세상의 멸망을 지켜보는 듯해 이반은 떨리는 몸을 주체하지 못했다.

한 손이라도 도와야 한다는 생각에 언덕 아래로 몸을 날리려 할 즈음, 그의 시야에 다른 대상이 잡혔다.

그는 암흑의 골렘보다는 작았지만 확실히 이반의 시선을 잡아두는 무언가가 있었다. 황궁과는 다소 떨어진 거리였다.

'저쪽이 더 위험하다?'

본능이 그렇게 일깨워주고 있었다.

비록 그가 상대하는 건 수백의 병력이었지만, 그들을 몰아치는 데는 여유로움마저 느껴졌다.

좀 더 관심 깊게 지켜본 결과 이반은 그를 상대하고 있는 병력들의 정체를 알아차릴 수 있었다.

"저 휘장은 타이푼 기사단?"

타이푼 기사단은 노바 기사단, 피닉스 기사단과 더불어 제국의 3대 기사단 중 하나로 통한다.

소수의 인원으로 이뤄진 단체지만, 그들의 전력은 각각의 기사단만으로 어지간한 왕국을 전복시킬 수 있을 정도다.

호르돈 왕국이 그 예였다.

그런 기사단을 단신으로 상대하는 마물!

이반은 도무지 눈을 뗄 수 없었다.

"뭐지? 저건?"

바이돈크라우스!

그가 이반이 궁금해하며 지켜보는 대상이었다.

이반은 그것이 마계의 왕 중 한 명이라는 걸 알지 못했다. 그러나 그 위험성은 충분히 인지할 수 있었다.

이렇듯 멀리서 보고 있는 것만으로 평정심이 흐트러져, 삼식의 체내에 있는 마나가 놀라 흩어져 버리려 하는 것이다.

마나심법의 한 구결을 읊으며 발광하려던 마나를 겨우 다스리고서 이반은 얼빠진 얼굴로 그가 황궁의 군대를 상대하는 것을 보고만 있었다.

그때, 그의 손에 타이푼 기사단의 기사단장이 붙들렸다. 그리고 타이푼 기사단장의 정수리로 돌연 칠흑의 연기가 피어올랐다.

연기들은 무럭무럭 자라나 형태를 갖추기 시작했는데, 놀랍게도 그것은 크루거 황궁의 형상으로 변했다.

"안 돼!!"

소름 돋는 비명이 흘러나온 직후, 타이푼 기사단장은 꺾어진 꽃인 양 목이 꺾였다. 놈에 의해 그 자리에서 사망한 것이다.

기사단장의 머리에서 피어오른 연기 형태의 황궁을 보며 놈은 사악한 미소를 머금었다.

이어 거대한 손바닥으로 황궁의 반을 짓눌렀다.

그리고 그것이 뭉그러지는 것과 동시에 멀찌감치 있던 황궁에서 소음이 터졌다.

퍼석! 와지끈!

실로 기가 찰 일이었다.

놈이 망가뜨린 연기가 마치 황궁이라도 되는 양 황궁의 반이 주저앉고 있다.

이반은 차마 벌어지는 입을 다물 수가 없었다.

제국의 상징인 건물이니만큼 황궁은 무엇보다 단단한 자재들로 지어졌다. 그런 황궁이 저렇게 간단하게 주저앉는다는 건 눈으로 보면서도 믿기 힘든 광경이었다.

'그놈이라면 가능하겠지······.'

그 생각은 저놈이 마왕이 아닐까 하는 의심을 갖게 만들었다. 그가 마왕 바이돈크라우스라면 이해할 수 있는 것이다.

그에 관계된 고서에는 마왕 바이돈크라우스가 7백만 헥타르에 이르는 섬나라조차 녹여 버렸다는 기록이 존재했다.

문득 이반은 밀려드는 의문이 있었다.

'저런 방법으로 황궁을 무너뜨리는 게 가능하다면 분명 모두 망가뜨릴 수 있었다. 한데 왜?'

어쩌면 산만 한 암흑 골렘이 나머질 무너뜨리길 바라고 행한 일일 수도 있다. 단, 그것은 결여된 추측이었다.

불현듯 꺼림칙한 음성이 이반의 뇌리로 파고들었다.

[이 몸을 상대하고 싶다면 네놈도 그곳으로 오거라.]

놈은 이반 쪽을 향해 시선을 둔 채 통 모를 미소를 짓고 있다.

다가가 막아야 한다는 사실을 알면서도 이반은 채 발이 떼어지질 않았다.

공포가 육신을, 그리고 정신을 짓눌렀기 때문이다.

잠시 후, 어둠 속으로 수십여 미터의 거구가 사라진 뒤에야 이반은 몸을 추스를 수 있었다.

싸워보지 않았어도 충분히 알 수 있었다. 단신으로 어찌해 볼 상대가 아니었다.

'조력자가 필요하다.'

이반은 그 즉시 언덕 아래로 몸을 날렸다.

제국의 군대를 돕기 위해서!

※ ※ ※

반란군은 속속들이 모여들었다.

그리고 급기야는 동칠과 그를 따르는 동칠교 신도들을 여러 겹으로 포위했다.

정규 전투병만도 1천 명을 넘었기에 동칠 쪽의 긴장은 흘러넘쳤다.

사하란은 랄크가 데려온 후속 병력들이 뻣뻣한 자세로 자신들을 향해 병장기를 겨누고 있는 데 대해 이의를 제기했다.

"이보시오, 장군. 우릴 적으로 돌릴 셈이오?"

"우린 상부의 명을 따를 뿐이라오."

랄크의 직설적인 대답은 어제의 동지가 오늘의 적이라는 반증이었다.

그때와 다르게 오늘은 누구도 무기를 거둘 것 같지 않아 보인다. 수적으로 매우 열세인 싸움이었다.

게다가… 보랏빛의 경장 갑주를 착용한 저들은 마잔베르크의 호위대가 아니던가. 그들 개개인의 능력이 범인의 상상을 초월할 정도로 뛰어남은 두말하면 잔소리였다.

이쪽에 소드마스터가 있으며 뛰어난 흑마법사가 있다 한들 버거울 터였다. 마잔베르크의 호위대 중에도 소드마스터는 있을 것이기에!

반란군을 하나로 통합하며 마잔베르크는 자신만큼 검술이 뛰어난 이들을 수월하게 거둬들일 수 있었던 것이다.

힘으로는 되지 않을 것을 알기에, 사하란은 이 사태를 대화로써 풀어가고자 애를 썼다.

"우리가 마땅히 따라야 할 분을 따르겠다는데 그대들이 무슨 간섭이시오?"

그 질문에 대한 답은 무리들 틈에서 들려왔다.

무리가 좌우로 갈라지며 한 다크 엘프가 걸어 나왔다. 바로 이 전투의 총책을 맡고 있는 마잔베르크였다.

"말이 좀 우습군. 그만 따르고 우리와의 약속은 내팽개치 겠다는 건가?"

마잔베르크의 등장에 사하란은 긴장으로 바싹 말라가는 목을 축이기 위해 침을 삼켰다.

그러다 그는 얼핏 가르데일이 자신의 등 뒤로 숨어드는 것을 볼 수 있었다.

마잔베르크 역시 그 움직임을 놓치지 않았다.

"크큭, 천하의 가르데일 공이 쥐구멍이라도 찾으시는 건가? 서빙을 보느라 눈코 뜰 새 없이 바쁠 텐데 이런 곳에는 어인 발걸음을 하셨는지? 뭐, 나야 무척이나 반갑지만 말이야."

비꼬는 투가 역력하다.

하지만 자리가 자리인 만큼 상대의 성질을 긁어 좋을 건 없었다. 동칠이 힘을 봉인하겠다고 공언한 이상 자칫하면 모두가 이 자리에서 몰살당할 소지가 있기 때문이다.

가르데일은 멋쩍은 웃음을 짓고서 이 아리송한 분위기를 깨치고자 했다.

"하하, 들켰나? 자네는 역시 눈썰미가 좋아."

과연 의도대로 마잔베르크가 웃기는 했다. 하지만 그 웃음이란 냉소에 가까웠다.

"평소 하던 대로 해라. 네놈과의 해묵은 원한이 그런다고 풀어지진 않을 테니까. 이러나저러나 이 자리에서 죽게 될 거란 얘기야."

"에이, 몹쓸 놈."

상황이 무척 안 좋다. 마잔베르크와 종종 마찰을 빚어오기는 했지만, 이렇게 겹겹으로 포위된 적은 처음이었다.

또한 가르데일 자신은 홀몸이 아니질 않은가. 이제는 동칠까지 지켜야 하는 신세였으니 더더욱 불리하다.

그 와중에 사하란은 무리들을 샅샅이 훑어보았다. 혹여나 자신들에게 도움이 될 만한 인물이 더 있는지를 확인하기 위해서다.

문득 갸름한 턱선, 맵찬 입매, 선이 유독 굵은 눈썹의 남자가 눈에 밟혔다.

그리 친하지는 않았지만 대면한 적이 있는 자다. 그는 동칠교의 신도이자 핵심 간부였다.

지위 고하를 따지자면 사하란이 범접할 수 없는 위치이기는 했지만, 팔은 안으로 굽는 법!

사하란은 있지도 않던 친분을 앞세웠다.

"당신은 마벨 장로님이 아니십니까?"

상대는 자신을 부정하지 않았다.

그의 눈썹이 살짝 떨리는 것을 확인하고 사하란은 재차 말을 이어갔다.

"장로님, 여기 동칠 신께서 계십니다."

그는 이 사실을 알면 마벨이 크게 기뻐하리라 생각했다. 누구보다 동칠 신을 찬양하며 전도에 앞서왔던 그가 아니던가.

하지만 그에 대한 마벨의 반응은 냉랭하기만 했다.

"사하란 사도, 누가 동칠 신이라는 것이오?"

"바로 이분이십니다!"

사하란이 소개한 동칠. 그 모습은 마벨의 기억 속 그와 동일했다. 그 역시 동칠교의 창궐에 힘을 보태려 아말렌을 따라 동칠 신을 알현하러 간 한 사람이었던 것이다.

그럼에도 불구하고 마벨은 헛웃음을 흘리며 그 자체를 부인했다.

"속고 계시는구려. 내 직접 그분을 뵌 적이 있소만, 저 사람은 내가 아는 동칠 신이 아니라오. 사이비에 현혹되지 말고 어서 투항하시오."

사하란의 머릿속은 복잡해졌다.

둘 중 한 사람은 거짓을 말하고 있다.

자신 옆의 동칠이 가짜이거나, 마벨이 그 존재를 부인한 것일 터.

그러나 전자일 가능성은 낮았다. 앞서 와룡반점에서 그를 목격했다는 사람들을 접해서였다.

'동칠 신께서 요리를 하시는 까닭은 인세에 맛의 축복을

내리기 위해서이다.'

이는 동칠교의 교리 17장 8절에도 나와 있질 않던가.
사하란은 허탈하게 웃고서 말했다.
"전 통 모르겠습니다. 다만······."
"다만?"
뒷말이 궁금해 마벨이 되뇌자 사하란은 주저 없이 가슴속에 숨겨 둔 말을 꺼내었다.
"마벨 장로님께서 거짓을 말하고 있다는 느낌이 강하게 듭니다. 저는 산증인들을 접했으니까요."
그에 마벨의 눈썹이 꿈틀거렸다.
"사도, 지금 날 의심하시는 게요?"
사하란도 동칠교, 그중에서 특히 수뇌부들이 썩었다는 것은 진즉에 알고 있었다.
하나, 그 모태가 된 신까지 부정할 정도일 줄은 정말 몰랐다.
'이 많은 사람들 앞에서 떳떳이 얘기했으니 입장을 뒤집을 순 없을 것. 어쩌면 대립은 예견된 일이었는지도 모른다.'
사하란은 쓴웃음을 머금고 마벨을 측은한 눈빛으로 보았다.
"욕심에 눈이 멀어 신까지 팔아넘기는 게 아니길 빕니다."
신도들이 다 보고 있는 자리인지라 마벨은 눈을 부릅뜨고 언성을 높였다.

"말이면 다인 줄 아시오?"

그들의 소모적인 논쟁이 펼쳐지는 동안 가르데일이 은근슬쩍 마잔베르크에게 말을 건넸다.

"서빙할 손이 모자라. 마잔베르크 자네도 마음을 고쳐먹고 와룡반점으로 오게. 여기 우리 사장님께서 보수는 짭짤하게 주실 테니."

"흥, 누가 그놈 밑으로 들어간다고 하더냐?"

동칠 신이 와룡반점의 주인이라는 건 동칠교의 간부급들이라면 공공연히 아는 사항이었다.

마잔베르크는 별생각 없이 대화에 응했지만, 그 대화는 동칠 신을 부정하던 마벨에게 찬물을 끼얹은 격이었다.

아니나 다를까 마벨은 당황하는 기색이 역력했다.

크게 노한 사하란이 독설을 내뱉었다.

"이… 천하의 몹쓸 인간 같으니!"

더 이상 존대를 할 필요도, 격식을 갖춰줄 필요도 없었다.

결국 당사자인 동칠만 우습게 됐다. 그간 동칠교가 한 악행들로 인해 동칠은 자신이 없는 자리에서 욕을 무수하게 얻어먹었으니까.

자신은 신이 아니라고 그렇게도 얘기했건만 끝끝내 신이라 추앙하며 종교를 만든 자들!

동칠에게 그들에 대한 미움이 없을 리 없었다.

마음 같아서야 그냥 종교 자체를 없애버리고 싶었다.

신이라 믿는 이의 그런 마음을 아는지 모르는지 마벨과 사하란은 입씨름에 여념이 없었다.

참다못한 동칠이 격양된 어조로 소리쳤다.

"그만!"

동칠은 이 모든 일에 자신이 빌미가 된 것이 심히도 불쾌했다.

분에 사무친 감정이 평정심마저 흩었다.

팔이 떨리는 것은 둘째 치고 홍채의 색이 금세라도 금빛으로 변하려 하고 있다.

'참아야 한다. 참아야 한다. 참아야 한다.'

이성을 잃으면 무슨 일이 벌어질지 잘 알고 있는 그다.

다시 그런 일이 벌어진다면 무슨 낯으로 얼굴을 들고 살 것인가!

초인적인 인내심으로 동칠은 부글부글 끓던 속을 겨우나마 진정시켰다.

이미 모두의 시선이 자신에게 쏠려 있었다.

동칠은 그들 중 동칠교의 신도라는 자들에게 마땅히 해야 할 말을 했다.

"날 믿으라고 한 적 없다. 난 신이 아니라고 말했고, 내 이름을 내건 종교가 생기길 바라지도 않았다. 그래도 종교란 것은 만인을 이롭게 할 줄 알았는데……."

격정 어린 말 속에 모두가 침묵했다.

흥분을 억누르지 못한 채 동칠은 마저 말을 이어나갔다.

"…질서를 어지럽히고 해롭기만 한 이런 망할 종교라면 없애는 게 좋다는 것이 내 개인적인 생각이다."

동칠이 내뱉은 말들은 자충수가 될 수도 있었다. 과연 동칠교 신도들이 혼란을 이기지 못하고 웅성거렸다.

"맙소사, 신이 아니라니……."

"동칠교를 분해시키자고?"

기실 그들은 동칠이 신인 줄만 알고 따르지 않았던가!

특히나 사하란이 느끼는 중압감이란 이루 말할 수 없는 것이었다.

이들을 일선에서 이끈 것도 자신이거니와 동칠 신이라는 자애로운 대상을 언급하며 회유를 한 것도 자신이다.

이제 와서 모든 걸 잘못 알았으니 신도들에게 돌아가라고 할 수도 없는 노릇이었다.

생명이 경각에 처한 상황에서 양심이 그를 저울질하고 있었다. 무거워지는 머리와 책임감 속에 사하란은 잘근 깨물었던 입술을 떼고 강단 있게 말했다.

"설령 이분의 말씀이 사실이라 한들, 우리는 이분을 따라야 합니다."

"우~"

야유가 오가는 가운데서도 사하란은 뚝심을 앞세워 계속

입을 놀렸다.

"나도 속았습니다. 그리고 여러분 모두 속았습니다. 하지만 한 가지는 확실합니다. 우리를 속인 건 이분이 아니라, 바로 저들이었습니다."

그의 손가락이 가리키는 곳에 마벨이 서 있었다.

분노가 한곳으로 모아지기는 했다. 그러나… 그뿐이었다.

쩔그렁.

"그만두겠소. 목숨이 오가는 상황에 그깟 게 다 뭐요?"

"나도 공감하오. 신에게 바치는 목숨이 아니라면 이쯤에서 끝내겠소."

꼭 그 두 신도처럼 동칠교 신도들의 혼란은 가중될 수밖에 없었다.

하나, 부질없는 노력일지 모르는데도 사하란은 포기하지 않고 말을 이어갔다.

"인간은 만물의 영장이어서 옳고 그른 걸 선택하는 것도 책임이라 들었소. 여기서 목숨을 바쳐 옳은 걸 지키자는 강요는 하지 않겠소. 살면서 오늘의 후회를 이겨 낼 수 있다면……."

동칠교 신도들의 시선이 죄다 그에게 쏠린 가운데, 마지막으로 사하란은 말을 맺었다.

"가도 좋소."

과연 언변의 마술사다웠다.

타고난 말재주에 구미가 당긴 동칠교의 핵심 간부들은 사하란을 포섭하고자 백방으로 노력했었다.
 그러나 이젠 그 말재주가 사람들을 감화시키고 있다. 마벨을 비롯한 핵심 간부들은 전혀 원치 않는 방향이었다.
 처음 무기를 떨어뜨렸던 신도가 다시 그것을 주워들었다.
 "미안하오. 내가 판단을 잘못했던 듯하오."
 바로 뒤 다른 신도가 질문을 던졌다.
 "하나만 물읍시다. 잘못된 길에 들어선 자들을 원위치로 되돌리는 것도 우리 몫입니까?"
 사하란은 감복한 얼굴을 하고 고개를 끄덕였다.
 이내 신도들끼리 말이 오갔다.
 "사도의 잘못도 크지만, 몰랐다니 할 말이 없구려."
 "책임은 우리에게도 있는 듯하오."
 "어디 한번 바로잡아봅시다. 힘닿는 데까지."
 신도들의 마음이 하나로 모아지려 할 때, 그를 비웃는 음성이 있었다.
 "'여기서 살 수 있다면.' 이라는 전제가 붙어야 하는 것 아닐까?"
 마잔베르크였다.
 그사이, 수백 신도들의 죽음 따위는 묵인하겠다는 듯 마벨은 후방으로 슬그머니 빠지고 있었다.
 그의 등으로 한 신도의 가시 돋친 말소리가 파고들었다.

"정말 상종 못할 인간쓰레기로군."

마벨에게는 동칠교가 생겨난 이래 최대의 모욕이었다.

그 모욕에 앙갚음이라도 하듯 그는 마잔베르크에게 신도들에 대한 처우에 일체의 자비도 호소치 않고 물러났다.

암묵적인 승인이 아니라, 신도들의 몰살이 그가 바라는 바였다. 진실을 알았다는 것만으로 그는 신도들을 살려 둘 수가 없었던 것이다.

어느 때부터인가 그에게 있어서 신도들이란 돈벌이와 권력의 밑바탕이 되는 도구에 불과했다.

다만, 신경 쓰이는 게 있었다.

동칠 신.

그가 정말 신이 아닌지, 아니면 자신을 시험에 들게 하는 것인지가 오락가락했다.

돌연 마벨은 자조적인 미소를 띠었다.

'두고 보면 알 것을……'

진실로 그가 신이라면 궁지에 몰렸다 한들 헤쳐 나갈 수 있을 것이다.

그렇게 생각하고 마벨은 홀가분하게 마음을 비워두었다. 동칠에게서 어떠한 위압감도 느껴지지 않았기에 가능한 행동이었다.

이윽고 반란군만으로 이루어진 병력이 움직였다. 동칠들을 몰살시키기 위함이었다.

반란군은 창과 방패를 앞세워 다가가며 포위망을 좁혀 갔다.

 동칠교 신도들 또한 움직일 공간만이라도 확보하기 위해 서로 간의 거리를 벌렸다.

 그 와중에도 마잔베르크의 눈은 단 두 사람만을 훑었다. 가르데일과 동칠, 그 둘만 조심하면 된다는 생각인 것이다.

 가르데일보다 동칠에게 비중을 더 둔 까닭은 동칠이 더 위험하리라는 판단에서였다.

 일전에 가르데일이 말하지 않았던가. 그는 자신보다 높은 경지에 이르러 있다고…….

 소드마스터들이 마잔베르크 주위에만 몰려 있는 까닭은 거기에 있었다. 저 둘이 위험하고, 흑발의 청년이 특히 요주의 인물이니 힘을 합쳐야 한다고 사전에 지시를 내렸던 것이다.

 그런 동칠이 움직였다. 정확히는 팔이었다.

 움찔.

 콧구멍을 침입한 날벌레를 빼내려던 동칠의 손에 놀란 마잔베르크와 반란군의 소드마스터들이 경직된 움직임을 보이고 말았다.

 저들의 움직임을 주시하며 동칠은 끝끝내 코를 후볐다.

 작금의 상황을 모르는 것은 아니지만, 날벌레를 빼내지 않으면 간지러워 미칠 것 같았기 때문이다.

그 의미를 모르는 마잔베르크로서는 경각심이 곤두설 수밖에 없었다.

'대체 저건 무슨 자신감이지?'

그러는 와중에도 긴장감은 팽창했다.

반란군들은 서로 눈짓을 건네받으며 때를 노렸다.

반면 데몬은 신도들을 안쓰럽게 보면서 속으로나마 다짐을 굳혔다.

'그대들의 죽음은 결코 헛되지 않을 것이오.'

그렇게 생사를 건 싸움이 시작되었다.

전투 경험이 적은 동칠교 신도들은 전 방위로 압박해오는 병사들을 당해낼 수 없었다.

금세 한 명이 창에 찔려 피를 뿌리며 꼬꾸라졌고, 또 한 명이 그렇게 쓰러져 갔다.

아무리 가르데일이과 데몬이라 한들 수백 명의 신도들을 지켜 낼 수도 없거니와 두 사람은 마잔베르크를 위시한 실력자들을 경계할 수밖에 없는 입장이었다.

두 사람이 지켜야 할 대상은 동칠교 신도들이 아니라 동칠이기 때문이다.

부상자가 속출하는 상황에서 동칠교 신도들의 눈빛에는 공포가 스쳐 갔다.

그러나 조금 전 결정을 뒤집는 사람은 아무도 없었다. 오히려 결의에 찬 모습이라도 내보이려 신음 소리도 참고 이를 악무는 자들이 많았다.

 자신의 아픈 양심 앞에 떳떳할 수 있는 동료 신도들에게 폐가 될 것을 알았던 것이다.

 그렇다고 신도들이 무작정 밀리지만은 않았다.

 특히나 마잔베르크의 시야 반대편에서는 창병이 쓰러지는 경우가 많았다. 신도로 가장한 새도우 소더들의 활약 덕분이었다.

 사실 그들 넷에게 창병들은 상대가 되질 않았다.

 하여, 더 빨리 창병들을 제압할 수 있었음에도 그리하지 않은 건 되도록 자신들의 정체를 함구하려 함이었다.

 그럼에도 불구하고 녹록치 않은 눈썰미를 자랑이라도 하듯 마잔베르크는 의문을 품었다.

 "어째 이쪽도 수가 많이 줄어드는데? 뒤쪽으로 가서 무슨 일인지 알아봐."

 명을 전해 받은 부하가 발 빨리 뒤편으로 돌아가 상황을 파악하고 보고했다.

 "심상치 않은 자들이 있습니다."

 마잔베르크의 눈썹이 뒤틀렸다.

 '순진한 낯으로 날 속였다는 말인가?'

 한 방 크게 얻어맞았다 생각하고서 마잔베르크는 실력자들을 차출해 뒤쪽으로 급파했다. 하지만 기다리는 결과는 오래도록 나지 않았다.

마음 같아서야 직접 가서 요절을 내고 싶었지만, 가르데일을 잡아두어야 하는 데다 요주의 인물인 동칠의 일거수일투족을 감시해야 하는 처지라 마잔베르크는 차마 뒤편으로 이동할 수가 없었다.
 그는 쭈뼛거리며 턱을 길게 빼고 치뜬 눈으로 동칠과 가르데일을 쓸어 보았다.
 '백발의 능구렁이는 그렇다 쳐도 여전히 저놈을 알 수가 없다. 내가 아는 건 들려왔던 소문들뿐······.'
 과거 동칠이 염력에게 자아를 잠식당했을 당시의 소문이 그로 하여금 발을 떼지 못하게 만들고 있었다.
 자신을 제외하고도 소드마스터가 셋이나 행차한 자리이지만, 동칠이란 저치의 힘을 모르니 선수를 칠 수도 없다.
 자고로 강자들의 싸움은 순간이 승패를 좌우하는 법.
 때론 이른 진격 명령이 아까운 수하들의 목숨을 송두리째 앗아갈 수 있다.
 크루거 제국군을 상대로 그 많던 수하를 잃은 마잔베르크였기에 이토록 조심성을 기하는 것이다.
 그래도 시간이 지나면 자연적으로 일이 해결될 줄만 알았다.
 그러나 그것은 만일을 염두에 두지 않은 판단이었다.
 사상자가 속출하던 가운데 후방에서 휘황한 은빛의 광채가 일었다.

눈을 시리게 하는 빛을 뿜어내는 곳에는 거대한 날개를 펴는 생명체가 있었으니, 바로 실버 드래곤이었다.

"마, 맙소사!"

그 위용을 뽐내듯 실버 드래곤은 아이스 브레스를 뿜어 반경 수백 미터를 얼려 버렸다.

이건 또 무슨 조화란 말이던가!

마잔베르크군은 황당한 전개에 얼이 빠진 모습이었고, 동칠교의 신도들 역시도 그들과 크게 다르지는 않았다.

살면서 드래곤을 목격한 이가 몇이나 될까?

이 자리에서 본신으로 현신한 드래곤을 본 이는 동칠 말고는 아무도 없었다.

그 드래곤으로부터 느닷없는 경고가 터졌다.

-인간들이여, 이 이상의 분란은 용서치 않겠다.

신장 수십 미터의 생명체.

드래곤이란 가히 그 존재만으로 여기 모인 인간들을 압도하기에 무리가 없었다.

펄럭이는 날갯짓에 광풍이 휘몰아치며 초목이 뿌리째 뽑힐 듯 흔들린다.

많은 이들에게 저런 생명체를 상대한다는 건 그야말로 자살행위라 여겨졌고, 당연히 그가 하는 말을 무시할 순 없었음이다.

마잔베르크로부터 눈짓을 건네받은 랄크가 전방으로 나가

반란군을 대표하여 물었다.

"드래곤이 어찌하여 인간의 분쟁에 끼어드는 것입니까?"

상식적으로 납득이 안 가는 일이었기에 묻는 것이다.

그러나 드래곤은 하잘것없는 인간에게 대꾸해줄 생각이 없는 듯 보였다.

혹여 듣지 못했을 것을 우려한 랄크가 다시 한 번 의사를 타진했다.

"인간의 말을 모르시는 겁니까?"

여전히 들은 체도 않는 드래곤.

가르데일과 데몬도 그 실체는 목격한 적이 없으니, 실버 드래곤이 나타났다고 해서 그것이 와룡반점의 이브릴일 것이라 생각진 못했다.

더군다나 이브릴은 동칠과 막역한 사이가 아닌 그 반대다. 동칠이 와달라고 애원을 해도 안 올 작자라는 뜻이다.

그 정체는 오로지 동칠만이 짐작하고 있었다.

'설마 이브릴?'

동칠이 본 바가 맞았다.

그는 바로 동칠을 지키라는 로드의 명을 받은 이브릴이었던 것이다.

이미 이브릴의 선택은 정해져 있었다.

동칠이 작심을 했다고는 하나 궁지에 몰리면 각성할 수도 있다. 그리하여 전처럼 통제 불능인 상태가 되어버린다면 뒷일이 골치 아파질 것은 자명했다.

또한 힘을 봉인한 채 죽어도 탈이니, 그는 서둘러 이 분란을 잠재워야 할 필요성이 있었다.

인간들의 말에는 귀를 닫아둔 채 이브릴은 가늘고 긴 섬세한 손가락으로 마잔베르크를 가리켰다.

-여러 번 말하지 않겠다. 좀 더 정확히 짚어주지. 그쪽이 물러나라.

한마디 한마디에 위엄이 실려 있다.

드래곤의 말을 거스르면 꼼짝없이 죽게 될 수도 있다는 생각이 지배적이었다.

마잔베르크가 느끼는 불안함이란 반란군들 이상이었다.

그가 가리킨 자신의 몸에 낙인처럼 은백색의 점이 찍혀져 있지 않은가.

1차로 자신이 지목된 이상 놈의 비위를 긁는 일은 최대한 없어야만 했다.

전군이 동원된다면 모를까, 가볍게 뿜은 브레스 한 방으로 수백 미터를 얼려 버리는 저런 괴물은 지금의 병력으론 도저히 상대할 수 없을 테니까 말이다.

어디까지나 마잔베르크는 인간들을 포함한 유사 종족들의 세상을 지배하고자 했지, 드래곤들과 엮일 생각은 추호도 없었다.

훗날 우려가 될 만한 두 인간을 살려 두는 것은 원치 않았으나 자신의 생명을 담보로 무리할 필요까진 없다.

실버 드래곤의 심기를 거스르기 전에 결단을 빨리 내리는 편이 나았다.

"처, 철수한다."

전군을 다스리는 이의 말이니, 반란군 중에선 누구도 거스르는 자가 없었다.

이브릴이 나타난 순간부터 전투를 멈춘 창병들 역시 마찬가지!

마잔베르크가 거느린 군대는 그렇게 또다시 물러갔다.

제8장
암흑 골렘과의 일전

한편, 제국의 군대와 암흑 골렘과의 전투는 한층 가열되어 갔다.

수많은 병력들이 암흑 골렘을 둘러싼 채 무수한 화살들과 마법을 쏟아부었다.

눈을 감고 화살을 날리고 마법을 시전한다 한들 빗나갈 염려는 없었다. 산만 한 덩치가 작아지거나 하는 일은 없었으므로.

발리스타만도 무려 17문이나 동원되었다.

하지만 쇠뇌만으로 놈을 쓰러뜨린다는 건 불가한 일이었다.

초토화가 되어버린 황궁.

황궁에 다가가도록 암흑 골렘을 처리하지 못한 수많은 장졸들은 불충을 가슴속 깊이 새겼다. 설령 그것이 힘에 부치는 일이었다 할지라도…….

 대피할 시간이라도 있는 건 다행이었다.

 원인도 모르게 폭삭 주저앉으며 바스러진 건물들에 머물렀던 이들은 이미 세상을 떠나고 없었다.

 그 수를 헤아리기 힘들 정도여서, 지금도 많은 이들이 피해자 규모를 파악하는 데 열을 올리고 있었다.

 노바와 피닉스 두 기사단과 기사단장들은 물론이고 마법병들을 비롯한 마법사들과 대마법사, 그리고 궁정 수석 마법사인 일리얀까지 이 전투에 끼어들었다. 황궁이 무너진 마당에 손 놓고 있을 순 없었기 때문이다.

 이반도 돕겠다는 의사를 타진하고 전투에 가담했다.

 한데, 멀리서 볼 때는 몰랐지만 싸워야 할 대상은 홀몸이 아니었다.

 암흑 골렘이 벼룩 털듯 몸을 흔들 때마다 소형의 골렘들이 우수수 떨어졌다.

 놈들은 목적의식이 정확했고, 자신들의 몸통이 완전히 바숴질 때까지 움직임을 멈추지 않았다.

 실로 독종 같은 놈들이었다.

 가공할 만한 전투에 힘을 실은 이는 비단 이반만이 아니었다.

분기충천한 황제 오테라스가 몸소 전투에 가담했는데, 그 랜드마스터란 호칭은 그냥 붙여진 게 아니었다.
 무슨 조화를 부리는 것인지, 오러를 품은 검이 닿는 것만으로도 소형의 골렘들은 그냥 허물어져 버렸다.
 그렇게 검에서 뿌려진 수백 갈래의 오러 다발은 소형의 골렘들을 파괴시키고 암흑 골렘의 몸에 닿으며 대폭발을 일으켰다.
 이반은 삼식의 몸을 빌어서도 자신의 무위가 아직 황제 오테라스에게 이르지 못함을 깨우칠 수 있었다.
 가만히 그를 보고 있자니 뿌듯함도 들었다. 넓은 맥락에서 볼 때, 그에게 검술을 가르쳐 준 스승은 이반 자신이기 때문이다.
 '역시 대륙에서 가장 강한 이는 폐하 자신이던가?'
 한편으로 이반은 많이 아쉬웠다.
 오테라스는 자신에게 배운 검술을 집약, 발전시킨 데 반해 자신은 아직 그렇지 못했다. 그 까닭을 이반은 곰곰이 되짚어보았다.
 '체내에 축적한 마나량만으로 따지면 폐하보다 삼식이 이놈이 많다. 한데 왜…….'
 전적으로 깨달음의 문제였다.
 그러나 그 깨달음은 물을 수도 없는 것이거니와 알려 준다고 해서 배워지는 것도 아니다.

언젠가 이반 스스로가 오테라스에게 그렇게 말하지 않았던가.
잠시간 그에게 검술을 사사하던 당시를 회상해보며, 이반은 자신에게 깨달음을 구하고 있었다.

암흑 골렘의 전신이 크고 작은 균열을 보이고 있다고는 하나, 그 크기를 감안하면 자잘한 상처에 불과했다.
유효한 공격들의 대부분은 6서클 이상의 대마법사들이나 소드마스터들로부터였다.
강맹한 마법이 때린 자리엔 어김없이 소드마스터들이 달라붙어 오러 블레이드로 놈의 신체에 해당하는 뭉쳐진 암석을 깨었다.
이반이 멀리서 볼 땐 그 모습이 흡사 작업 중인 인부들을 연상케 했다.
저런 상태라면 암흑 골렘이야 언젠간 쓰러질지 몰라도 마왕 바이돈크라우스로 추되는 놈은 그렇지 않을 터.
이반은 더 높은 경지로 올라서야만 했다.
상대가 너무도 강대한 적이기에 필연코 그래야만 한다.
'그래, 해보자.'
눈앞에 너무도 좋은 표적이 있다. 어떤 공격을 뿌려 대도 버틸 수 있을 표적이……
이반은 놈의 등을 택했다.

긋고, 베고, 오러를 뿌려 댔으며, 찍었다.

맹공이 퍼부어지자 암흑 골렘은 조금은 괴로웠는지 방대한 손바닥으로 자신의 등짝을 후려쳤다.

쿠웅!

광속으로 달려 그 범위에서 벗어났으나 흔들거리는 충격이 이반을 놈의 등에서 떼어버렸다.

땅과의 높이가 결코 만만치 않다.

삼식의 신체라 떨어져도 큰 부상이야 없을 테지만, 다시 여기로 뛰어오자면 한참의 시간이 소요될 것이다.

무의식중에 검이 뻗어졌다.

그러자 여태와는 다른 순백의 진한 오러가 한참을 뻗어갔다.

검신을 뺀 순수한 오러의 길이만도 무려 2미터에 이르러, 이반은 놀란 입을 다물 수 없었다.

오러는 급기야 암흑 골렘의 등을 찍었다.

촤촤촤악!

하강하는 상태에서의 오러는 암흑 골렘의 등을 길게 찢고 있었다.

어쩌면 이 영문 모를 오러가 더 높은 경지로의 해답이 될 수도 있다.

무엇보다 얼떨결에 펼친 것이라 더 오래 보아야 했다. 깨달음이 있기 전까지는 오러를 거둘 수 없다는 얘기다.

아까와는 다른 파괴력을 우려한 암흑 골렘으로부터 소형 골렘들이 파생되었다. 부근의 소형 골렘들이 바닥으로 떨어지지 않고 이반에게 달려든 것이다.

이반은 소형 골렘들을 바숴가면서도 짬짬이 암흑 골렘의 등에 상처를 입혔다.

하지만 한계가 다가오고 있었다.

삼식의 육신에 잔재하던 그 많던 오러는 금세 줄어들었다.

바닥이 난다기보다는 흩어진다고 보는 게 맞았다. 마나를 억지로 운용시키니 주인을 기피하고 따르질 않는 것이다.

'더 늦기 전에……'

생각을 굳힌 이반은 닥치는 대로 뛰어올랐다.

한 번, 또 한 번의 도약으로 소형 골렘들을 뛰어넘어 놈의 머리로 향했다.

최종 목표는 놈의 정수리였다. 그곳이라면 한숨 돌릴 수 있을 터.

그러나 너무 힘을 소진한 탓일까? 머릿속이 하얗게 질려 가고 있었다.

'조금만 더, 조금만 더……'

뜀박질도 어려운 한계 상황이었다. 그럼에도 이반은 이를 악물고 정상으로 향했다.

기어이 공터인 양 널따란 놈의 머리 위에 올라섰을 땐, 육신이 녹초가 되어버렸다.

그는 놈의 정수리에 대검을 찍어 눌렀다.

이미 오러는 사라지고 난 뒤여서인지 암흑 골렘은 그에 아무런 영향을 받지 않는 듯했다.

이반은 긴 숨을 내뱉으며 중얼거렸다.

"…한계는 없다."

바로 그 순간이었다.

주변으로 흩어졌던 마나들이 놀라운 속도로 모여들고 있었다.

순환이었다. 숨처럼 빠져나갔으니 다시 들어오는 것이다.

이반은 그에서 큰 깨달음을 얻었다.

"아……."

대뜸 이반은 대검을 빼내 마나를 운용시켜 오러를 발출, 같은 자리에 다시 대검을 찍었다.

콱!

또 한 번 찍었다. 그리곤 한 번 더 찍었다.

내리 다섯 번을 그렇게 찍었을 때였다.

쿠구구궁!

놈에게는 이쑤시개 크기만도 못한 대검에 의해 그 큰 머리에 커다란 구멍이 생겨 버렸다.

안은 휑했다.

수십 미터에 이를 만한 깊이와 능히 사람이 들어가고도 남을 법한 폭의 구멍이었다.

그러나 이 정도로 쓰러질 놈이 아니었다.

이반은 흉흉한 오러를 간직한 검을 찍은 채 놈의 정수리 위를 질주하듯 내달렸다.

콰콰콱!

머리에 이상이 생긴 것을 느낀 암흑 골렘이 방대한 손을 들어 머리를 감싸 쥐었다.

저 손바닥에 깔리면 약도 없을 것!

이반은 발 빨리 놈의 어깨로 뛰어내려 그 목에 땅과는 수직으로 검을 박은 채 같은 행동을 반복했다.

곧 암흑 골렘의 다른 손이 벌어진 틈을 조이려 목으로 다가왔다. 그에 목을 타고 등 뒤로 돌아갔는데, 마주치는 사람이 있었다.

오테라스였다.

"아무래도 그편이 나은 듯하군. 머리를 잘 썼어, 자네."

마땅히 이반은 황제를 향해 고개를 숙이고서 겸손을 내보였다.

"과찬이시옵니다, 폐하."

신호도 없이 두 사람의 검술이 펼쳐졌다.

가르고, 베고, 찌르고, 부수고…….

손바닥이 다가올 때마다 두 사람은 벼룩처럼 뛰어오르며 다른 부위를 해체시켜 나갔다.

폭발과 진동!

2개의 검이 펼치는 파괴력이란 고서클 공격 마법을 상회할 만큼 가공스러웠다.

 그렇게 암흑 골렘이 상체에 온 신경이 몰려 있을 무렵, 파괴점을 가슴 한데로 집약시킨 대마법사 이하 궁정 마법사들의 합동 공격이 펼쳐졌다.

 곧 파이어볼보다 10배는 커다란 시퍼런 불의 구체들이 보이는 모든 것을 집어삼킬 듯 무섭게 날았다.

 불길에 산화하는 공기가 비명을 토했다.

 화아악!

 그것들은 암흑 골렘과 맞닿으며 연달아 폭발음을 발산했다.

 펑! 퍼펑! 콰콰쾅!

 마지막으로 검푸른 불덩이가 맹렬히 회전하며 시뻘겋게 달아오른 암흑 골렘의 가슴을 때렸다.

 후와아악.

 꽈쾅!

 연기가 사방을 가렸다. 그리고 암석 가루들이 후두둑 떨어졌다.

 히히힝.

 놀란 말들이 질겁한 눈을 하고 위태롭게 허공에 앞발을 휘저으며 투레질을 쳤으며, 근처의 병력들은 재빨리 후퇴했다.

흉하게 반파된 암흑 골렘!

그러나 아직 끝난 게 아니다. 결정타를 날려야 할 때였다.

마지막으로 궁성 수석 마법사 일리얀이 오테라스에게 통신 마법을 이용해 아뢰었다.

[황제 폐하, 때가 되었사옵니다.]

오테라스는 너무 작아 까만 점처럼 보이는 일리얀에게 고개를 끄덕이고서 삼식의 몸에 잠입한 이반에게 말을 전했다.

"내려가지."

"네, 폐하."

무슨 일인지는 몰랐지만, 이반은 썰물처럼 빠져나가는 인파를 보며 화답함과 동시에 오테라스에게 뒤처질세라 무서운 속도로 땅으로 내려가기 시작했다.

바로 옆을 달리며 오테라스가 미소를 띤 채 말했다.

"그랜드마스터는 나 혼자뿐인 줄 알았거늘……."

그 말은 이반 또한 그랜드마스터의 경지에 이르렀음을 얘기했다.

그 뜻을 어렵지 않게 알아듣고서 이반은 밝게 화답했다.

"소인은 폐하에 비하면 아직 멀었사옵니다."

가장 늦게 내려오고 가장 늦게 땅을 딛고 달아나는 그들이었지만, 움직임은 인마보다 빨라 결코 뒤처지지 않았다.

그들과 병력이 안전거리까지 멀어진 다음이었다.

하늘에서 유성우가 떨어져 내리기 시작했다.

바야흐로 궁정 수석 마법사 일리얀의 메테오 샤워가 빛을 발하는 것이다.

빛이 감싼 운석 덩어리들은 암흑 골렘에게 파고들었다.

쿠와앙!

콰쾅! 펑!

크진 않았지만 그 파괴력은 이루 말할 수 없는 것이어서 운석 덩어리가 적중될 때마다 암흑 골렘의 산만 한 덩치가 휘청거렸고, 육신에서 떨어져 나온 기암괴석들이 사방으로 날아 대지를 온통 신음에 물들게 했다.

병력을 보호한답시고 대마법사들을 비롯한 마법사들이 백방으로 실드를 쳤지만, 모두가 안전할 순 없었다.

약한 실드는 금세 깨졌고, 보다 커다란 기암괴석은 대마법사들이 쳐 둔 실드마저 금이 가게 했다.

그렇게 운석 덩어리들이 다 떨어져 내렸을 때, 암흑 골렘은 없었다.

깨어지고 바숴진 바윗덩어리로 변해 있었을 뿐.

과연 8서클의 경지다웠다.

우주에서 운석 덩어리들을 소환한다는 건 어지간한 마법사는 흉내도 내지 못할 일이었다.

하지만 인세에서 대륙 최고의 마법사라 일컬어지는 일리얀이라 할지라도 소환할 수 있는 운석 덩어리의 크기는 정해져 있었다. 보다 큰 운석 덩어리가 운동하는 에너지는 이겨 내지 못하기 때문이다.

또한 암흑 골렘을 쓰러뜨렸다고 해서 좋게만 볼 것은 못 되었다. 이 메테오 샤워로 인해 반경 1킬로미터가 초토화되어버렸으므로.

오테라스로부터 허락은 이미 떨어진 상태였다. 그랬기에 일리얀은 메테오 샤워를 시전할 수 있었던 것이다.

※ ※ ※

대규모의 전투가 막을 내린 후는 새벽녘이었다.

정을 거뒀는지 오테라스는 이반에게 더 이상 관심을 두지 않았다.

무릇 황제란 그러한 법!

이 사태에 대해 신경 써야 할 것이 여러모로 많고, 황궁을 복원하려는 노력도 기울여야 한다.

그러나 이반은 조급하게 굴지 않았다. 자신도 할 일이 있었기에…….

두루 돌아다니며 나무를 깎고, 관을 짰다. 자신의 육신을 보관해둘 관이다.

그러다 이반은 수면 포션 한 병을 더 꺼내 서슴없이 목구멍에 들이부었다. 삼식이 깨어나면 곤란해질 것이기 때문이다.

그래도 미안함은 있었는지 혼잣말로 잠들어 있을 삼식을 위로하는 말을 건넸다.

"며칠만 참아라, 이 녀석아. 이 스승이 널 기필코 영웅으로 만들어주마."

다행히 이반이 발 벗고 나서지 않아도 움직이는 인물들은 많아, 이 기괴망측할 현상의 규명이 차차 진행되어가고 있었다.

마기라는 기운이 감지되었고, 암흑 골렘의 출처가 짐작되었다.

더불어 몰살당한 줄 알았던 타이푼 기사단의 기사가 한쪽 다리가 잘린 채 돌아왔다.

상처가 지혈되고 외상이 치료되었지만 형태조차 없어져 버린 다리를 찾을 순 없었다. 그보다 그는 타이푼 기사단이 전멸한 것에 비통함을 금치 못했다.

그러나 언제까지 슬픔에 잠겨 있을 순 없는 노릇. 안정을 되찾자마자 그는 진술을 시작했다.

"놈이 스스로를 마왕 바이돈크라우스라 칭했사옵니다."

굳이 이반이 설명해줄 필요가 없어져 버렸다.

그는 이반보다 놈에 대해서 더 잘 알고 있는지 황제 오테라스 앞에서 줄기차게 말을 이어갔다.

"그는 인간들을 증오한다고 했사옵니다. 덧붙여 저희를 마모라크스의 원수들이라고 했사옵니다."

오테라스의 눈치를 살피던 일리얀이 황제도 품고 있을 의문을 집어내 물었다.

"마모라크스? 그게 무언가?"

그에 기사는 잠시나마 뇌리에 형상화되었던 그림을 대충 땅에 그리기 시작했는데, 그 모습이 영락없는 새우더라.

일리얀과 바르체, 그리고 지금 이 자리엔 없는 동칠과 함께 당시 마계를 넘어 새우를 구하러 갔던 이들의 안색이 새파랗게 질렸다.

이 모든 일이 고작 저 새우로 인해 야기된 것이라니!

바르체가 느끼는 허망함은 확실히 다른 이들보다는 큰 것이었다.

롯테의 비보를 접하고 부기사단장의 복수를 하겠다고 그토록 이를 갈지 않았던가.

순금으로 이루어진 용상에 앉은 오테라스도 어이가 없기는 마찬가지였다.

그렇게 즐겨 찾곤 하던 새우가 마계, 그것도 마왕 바이돈 크라우스라는 놈이 애착을 가지고 키우던 생물이었다는 것에 대해서.

아직 뒷말이 끝나지 않았다. 기사가 황망한 눈길로 오테라스를 쳐다보다가 깊이 고개를 숙이며 아뢰었다.

"황제 폐하께서는 잠시 귀를 닫아주시옵소서."

오테라스의 굵직한 음성이 다그쳤다.

"되었다. 가감 없이 말하라."

황제가 들으면 안 될 이야기였던지, 기사는 눈 둘 곳을 몰라 하더니 그 명을 거역치 못하고 들었던 그대로를 전했다.

"말하기를 '내 너희를 시험하겠다. 이 몸이 자리를 비웠을 당시 네놈들이 마모라크스를 훔치러 왔던 일을 알고 있다. 그곳에 있던 인간들 중 한 놈이라도 빠진다면 고통은 배가 될 것. 대륙의 인간 따위 쓸어버리는 일은 내겐 너무도 쉬운 일이다. 그들을 데리고 황제가 내 발 앞에 엎드려 빌라. 그렇지 않으면 누구도 성치 못하리라.' 라고 했습니다."

황궁을 폐허로 만든 건 일종의 본보기였던 셈이다.

오테라스가 매섭게 치뜬 눈으로 신하들을 쓸어 보니, 두려움에 감히 눈을 마주치는 이가 없었다.

"짐이 엎드려 빌어야 한다?"

뇌까리는 말에선 살심이 묻어났다.

무릇 황제란 제국의 백성들, 그리고 신하들의 으뜸이 되어야 한다.

아니, 작금의 제국은 그보다 더하면 더했지 못하지는 않았다.

다시 말해 인간의 대표나 다름없는 황제가 그 같은 모습을 보인다는 건 오테라스 자신을 따르던 인간들의 자존심을 바닥으로 실추시키는 일과 같았다.

뿌드득.

이 갈리는 소리가 섬뜩하게 퍼져 나갔다.

황제가 더 노하기 전에 힐스 공작이 나서며 허리를 숙여 담아둔 말을 개진했다.

"있을 수도 없는 일이옵니다, 폐하."

모든 신하의 뜻이 한결만 같다.

애초에 오테라스는 그럴 마음이 없었다.

설령 신하들이 불같이 일어나 인류의 존속을 위해 한 번만 자존심을 굽혀 달라 한들 따르지 않았을 거란 얘기다.

어찌 보면 당연한 얘기였다.

황제 오테라스에게 자존심을 버리라는 것은 죽으라는 말보다 못했으므로.

그것도 놈은 마계에서 건너온 왕이라고 했질 않았는가.

더군다나 녀석은 이미 자신의 성미를 잔뜩 돋운 상태여서 좋게 봐주려고 해도 봐줄 수가 없었다.

꽈드득.

순금으로 된 팔걸이가 험하게 구겨졌다.

이어 곧았던 입술이 기묘하게 일그러지며 독한 말을 쏟아냈다.

"누가 실수를 한 것인지 혹독히 깨닫게 해주마."

사람이라도 잡아먹을 눈이었다.

암흑 골렘을 대하고도 펴졌던 어깨들이 황제의 진노에 한없이 움츠러들고 있다.

냉랭해진 분위기에 조금 떨어진 자리에서 묵묵히 관을 짜던 이반도 손을 멈췄다.

 그도 오가는 대화를 들었다.

 굳이 오테라스에게 필요한 말들을 던질 것도 없었다. 살아남은 기사에 의해 모든 일이 결정되었으므로.

 황제는 대군을 이끌고 알타 산으로 움직일 것이었다.

신성 제국과 반란군의 전쟁은 잠시 소강상태에 접어들었다.

전투가 반란군에게 유리하게 흘러간 것은 사실이었으나, 신성 제국은 방어전을 펼치며 쉽게 밀리지 않았다.

더군다나 반란군은 신성 제국을 쓰러뜨리는 일보다 중요한 일을 목전에 두고 있었다.

반란군의 수장들이 모인 자리에서 나온 얘기처럼 그들에게는 지금이 아니면 기회는 없을지도 몰랐다.

자신들의 손으로 황제의 목을 치는 것이 그들의 목적이었다. 자신들이 아닌 다른 누군가가 황제를 처리하는 것은 원치 않는다는 얘기다.

원한은 그리도 깊게 사무쳐 있었기에 제대로 전투가 진행될 수 없었다.

결국 마잔베르크가 황제를 척살하자는 의견에 동의함으로써 실력자들이 일선에서 빠졌다.

마잔베르크 본인도 크루거 제국에 미운 감정이 남아 있었기 때문이다.

❈ ❈ ❈

10만에 이르는 동칠교 신도들 중 상당수는 전쟁에는 문외한이었던 관계로 전투병에 편성되지 않고 보급대를 비롯한 지원부대로 빠지는 경우가 많았다.

오늘도 전투에 조금이라도 보탬이 되고자 신도들은 땀을 비 오듯 쏟으면서도 일을 게을리 하지 않았다.

늦은 시각의 진영은 어두웠다.

막사의 화톳불만이 밤을 밝혔고, 오가는 병사들의 수는 얼마 되질 않았다.

물론 아직 일이 끝나지 않은 병사들도 있었다.

"후우, 오늘도 하루가 갔군."

"그러게."

나뭇등걸에 등을 대고 녹초가 된 몸을 달래는 병사의 곁으로 지금 막 병장기들의 정리를 끝마친 병사가 다가왔다.

파손된 병장기의 수리를 위해 후방으로 실어 나르고, 대장장이들을 통해 고친 병장기들을 수급해오는 것이 이들의 일이었다.

누가 뭐랄 것도 없이 두 병사는 별이 빛나는 하늘을 바라보았다.

이들의 가슴속에는 답답함이 앙금처럼 내려앉아 있었다.

신을 위한다는 명분으로 일으킨 전쟁.

물론 동칠교 내에서는 전쟁은 신성 제국이 일으켰다는 말이 많았다. 하지만 그렇다 하더라도 사람의 목숨이 그리도 가벼운 것인지에 대한 회의가 남아 있었다.

전사자만 수백 명을 보아온 두 사람이다.

전지전능하다는 동칠 신이 자신을 지키라고 인간을 만든 것은 아닐진대!

불안함에 떨고 살지 않을 평화가 그리웠다.

어서 이 전쟁이 끝나기만을 바라는 건 자신들 둘뿐은 아니리라.

불현듯 어두운 뒤쪽에서 스산한 그림자가 접근해왔다.

인기척을 느낀 병사가 화들짝 놀라며 일어서 인영의 정체를 물었다.

"누, 누구시오?"

"나일세. 사하란."

둘러쓴 후드 밑으로 드러난 윤곽은 틀림없이 사하란 사도였고, 다정한 음성 또한 그의 것이었다.

두루 안면이 있던 사람이라지만, 병사들은 더 확실히 그의 얼굴을 보길 바랐다. 그에 확인 차 사하란은 잠시 후드를 걷었다가 다시금 머리 위로 둘렀다.

"사, 사도님……."

병사들의 목소리가 떨리고 있다.

사하란은 그 얼굴에 편치 않은 미소를 그렸다.

"이해해주게. 자네들도 들었을 걸세. 내가 추방당했다는 것을……. 그러나 무엇을 들었건 그것을 진실이라 믿지 말아주게나."

이미 병사들도 사하란 사도가 개인의 영달을 위해 교를 배신하고 신성 제국과 손을 잡았다는 믿기 힘든 사실을 전해 들은 뒤였다.

분명 그것은 믿기 힘든 얘기였다.

사하란 사도는 자신의 먹을 것을 신도들에게 나눠줄 만큼 덕망이 두터운 인물로 통했으므로.

병사들의 눈빛이 흔들리는 것을 눈여겨보다 사하란은 마땅히 해야 할 말을 남기며 돌아섰다.

"판단은 자유네. 진실을 알고 싶다면 날 따라오시게."

두 병사 말고도 많은 이들이 한자리에 옹기종기 모여 있었다.

그들 또한 평소 누구보다 존경했던 사도가 무엇을 보여 준다는 건지 궁금하여 발걸음을 한 것이다.

분명 동칠교 일원들만 있는 것은 아니었다.

자신을 데몬이라 소개한 흑마법사가 있었으며, 가르데일 공이라는 제법 유명한 인물도 있었고, 마지막으로는 이름을 밝히지 않은 흑발과 은발의 청년이 각각 있었다.

데몬은 넓은 둘레로 사람들을 둘러싸게 하고는 배에 힘을 실어 큰 소리로 얘기했다.

"이로써 오십 명이 또 모였군요. 그럼 시작하겠습니다."

무엇을 시작한다는 건지 알 수가 없었다.

"카마라 지브라토……"

대륙 공용어뿐 아니라 사투리깨나 안다는 이들도 도통 알아들을 수 없는 말들이었다.

하지만 그의 언어에 대해 짐작하는 이들도 더러 있었다. 그들은 지금 데몬이라는 저자가 하는 말이 꼭 마법 주문의 영창이 아닐까 했던 것이다.

짐작이 옳았음을 보여 주듯 마나석과 정령석들이 놓인 다섯 방향에서 금세라도 꺼질 듯 칙칙한 빛이 일기 시작했고, 이윽고 빛은 점차 진해지며 개개의 형상들로 투영되었다.

그 놀라운 광경에 신도들은 차마 입을 다물지 못한 채 넋나간 얼굴이 되었다.

지금 데몬이 펼치는 건 일전의 일을 회상시켜 줄 흑마법이었다.

 동칠과 마잔베르크 간에 있었던 일을 세세히 보여 주기 위함이었고, 그로 말미암아 거짓에 속은 신도들에게 진실을 일깨워주려는 것이다.
 사람들이 보이자 신도들은 술렁이기 시작했다.
 "저들은 동칠교 신도들이 아니오?"
 "저쪽도 우리 반란군의 군대요."
 "왜 둘이 대치를?"
 데몬은 친절하게 부연 설명을 해주었다.
 "내용은 보시면 알 것입니다. 저는 며칠 전 이곳에서 벌어진 일을 여러분께 보여 드리는 것입니다."
 그때, 마법으로 펼쳐진 입체 화면에서 청명하진 못했지만 가늘게 소리가 들려왔다.
 신도들은 숨을 죽이고 귀를 기울였다.
 두 패로 갈라진 무리들이 서로 간에 삿대질을 해댔다.
 도중에 반란군 틈에서 마벨 장로가 나왔을 땐, 일이 어떻게 돌아가는 것이냐며 수군대기 시작했다.
 그러다 사하란이 동칠을 가리키며 동칠 신이라고 주장하기에 이르자 급기야 신도들은 평정을 잃어버렸다.
 "도, 동칠 신이시라고?"
 깜짝 놀라 뒤를 돌아보니 저치, 아니 저분이다.
 뒤의 상황은 보지도 않고 그 자리에 넙죽 엎드려 절을 하려는 이가 있었다.

"미천한 신도가 동칠 신을 뵈옵니다."

경거망동도 정도껏이어야 한다.

그리고 이런 분위기는 금세 와전될 것이다.

딱 보니, 다른 신도들도 절을 할 기세여서 데몬이 부랴부랴 땅에 코를 박고 있는 신도를 일으켜 세웠다.

"지금 이러시면 안 됩니다."

동칠 신을 두 눈으로 보았다는 사실이 그리도 감격스러운지, 그에 겨워 눈물을 흘리느라 영상을 제대로 못 보는 신도들도 있었다.

곧이어 서서히 진실이 밝혀져 갔다.

서슴지 않고 신도들에게서 등을 돌린 마벨 장로에게 이를 가는 신도들이 있는가 하면, 나직한 목소리로 쌍소리를 내뱉는 신도도 보였다.

"믿어왔는데. 어떻게……."

"쳐 죽일 놈."

역시나 동칠에 대한 실망은 금방 가셨다.

동칠 신으로 떠받들어진 것이 그의 잘못이 아니었으니 탓할 게 못 되었기 때문이다.

따지고 보면 그가 가장 큰 피해자였다.

기어이 창을 앞세워 신도들을 몰살시키려는 반란군에 대해서 신도들은 분개했다.

그리고 피를 흘리며 쓰러지는 신도들의 모습은 오늘 이 자리에 모인 신도들의 눈시울을 촉촉이 젖게 만들었다.

소리 내어 엉엉 우는 자들까지 있어 분위기는 한층 숙연해졌다.

잠시 후, 영상은 절묘한 순간에 끊겼다. 바로 실버 드래곤 이브릴이 등장하기 전까지였다.

신도들은 원혼을 품은 자들처럼 변해갔다.

마벨을 떠올리며 눈썹 휘기는 기본이고, 갖은 욕설과 저주가 퍼부어졌다.

한 신도가 데몬에게 진지하게 물어왔다.

"모두 죽었습니까?"

모두 죽었다면 그 또한 이상할 일이었다.

동칠과 데몬, 가르데일과 사하란은 터럭 하나 다치지 않고 멀쩡하질 않은가.

데몬은 머리가 나쁜 사람이 아니어서 진실로 응했다.

"사상자가 좀 있습니다만, 전사한 분들은 몇 되질 않습니다."

"아!"

안도의 한숨들이 내쉬어졌지만, 전사자 몇 있다는 것만으로 격분을 금치 못하는 이들도 있었다.

더욱이 동칠교 장로라는 자가 신도들을 어떻게 생각해왔느냐가 드러났으니 그 실망감은 이루 말도 못할 정도였다.

사하란이 줄곧 달라붙어 있던 입술을 떼었다.
"모두가 의문을 품고 계시겠지만 여기엔 우리를 구원해준 분이 계십니다. 일단은 그분께 감사드립시다."
신도들은 의문이었다.
구원해준 대상이 소드마스터 가르데일 공인지, 데몬인지, 그것도 아니면 동칠 저 사람이 무언가 특별한 능력이 있었던 것인지.
그중 다수의 추측이 영상에 실려 있지 않던 청년에게로 쏠렸다.
늙수레한 한 신도가 상태가 좋지도 않은 허리를 숙이며 이브릴을 향해 말했다.
"저희 신도들에게 도움을 주신 분이 뉘신지 모르겠으나, 우러나는 감사를 표하고 싶습니다."
밝히지 않았다는 건 당사자가 꺼린다는 뜻이다.
실제로 이브릴이 그랬다.
덜떨어진 인간들에게 칭찬이나 받자고 도움을 준 것이 아니었다. 데몬이 영상을 그 부분에서 자른 까닭도 그 때문이었던 것이다.
그러나 막상 진심이 담긴 감사의 인사를 듣고 나니 이브릴은 슬그머니 기분이 좋아졌다.
하나, 괜히 입꼬리를 올리다가는 자신이 도움을 주었다는 사실을 들킬 듯했기에 표정 관리에 특히 신경을 썼다.

그가 신도들과 대화를 섞지 않으려는 눈치여서 사하란은 팔을 벌려 신도들을 품에 안을 듯한 제스처를 하고 말했다.

"여러분, 제 얘기를 잘 들어주십시오. 세상 사람들이 저희를 우매하다 나무랍니다. 하지만 여러분도 받아들일 것은 받아들여야 합니다. 우리는 멍청했습니다. 우리를 돈벌이로, 일꾼으로 생각한 저들에게 속아 세상 사람들에게 손가락질을 받았습니다. 묻겠습니다. 알면서도 더 속으시겠습니까?"

신도들은 굳게 입을 닫고서 고개를 내저었다.

그 모습에 사하란이 빙그레 웃고서 다시 정색을 하며 진지함 속에 말을 이었다.

"지탄을 받아야 할 것은 여러분이 아니라 저들이었습니다. 우리를 농락하고 이용해먹은 자들이었습니다. 우리는 복수를 해야 합니다."

"옳소!"

"옳소!"

연달아 환호성이 터졌다. 사하란이 가려운 부위를 시원히 긁어주는 것 같아서였다.

분위기를 몰아 사하란은 말했다.

"제게 그럴듯한 복수의 방법이 있습니다. 그리고 그것은 불행에 처해 있는 우리의 동료들을 구해주는 방법이기도 합니다."

"그게 무엇입니까?"

"동칠께서도 거론하신 부분입니다. '신도들에게 진실을 일깨워 동칠교를 해산하라.' 입니다. 보다 많은 신도들에게 이 진실을 알려 주십시오. 가진 자는 잃는 것을 가장 두려워합니다. 여러분이 그 중심에 서주십시오."

신도들은 너도나도 감탄했다.

"마땅히 그래야지요!"

단, 모두가 같을 순 없었다. 여태의 처지를 비관한 불만의 음성도 튀어나왔다.

"그런데 우리는 어디에서 보상을 받아야 합니까?"

동칠이 선뜻 대화에 응했는데, 이번은 하대가 아니었다. 제정신이 박힌 이들을 깔아뭉갤 생각은 없었기 때문이다.

"날 찾아오세요. 최소한의 도움이라도 주겠습니다."

"동칠 님도 피해자가 아니오."

동칠은 무겁게 입을 열었다.

"나도 책임이 느껴져요. 있든 없든 나만 믿고 살았을 거 아니에요. 십만에 이른다는 신도들 모두를 책임질 순 없지만, 적어도 이 일에 힘을 써준 여러분은 책임질 수 있도록 노력해보겠습니다."

그 자리의 신도들은 우러나는 마음으로 동칠을 존경했다. 그 마음 씀씀이만으로도 충분히 그럴 가치가 있다고 여겼던 것이다.

※ ※ ※

 그렇게 해서 시작된 교화는 걷잡을 수 없을 정도였다.
 신도들이 무리에서 이탈하는 사태가 속출하며 전투에 지장이 생기기 시작했다.
 이제나저제나 군량만 기다리던 이들은 주린 배를 달래기 위해 들짐승들을 사냥해다 먹을 정도였다.
 "뭔가 이상하다 생각지 않나?"
 덤불 아래서 상체를 드밀고 적 진영을 살펴보던 크라피스의 질문에 일급 성기사 샤만이 답했다. 신성 제국이 수세에 몰린 상황에서 사안이 사안이니만큼 대신관인 크라피스에게도 일급 성기사가 배분되었다.
 "그렇사옵니다. 근래 들어 병력이 부쩍 줄어든 것 같습니다."
 "교란일까? 아니면 분란?"
 그에 대해 샤만은 답하지 못했다. 그도 상황이 이렇게 흘러갈 줄은 짐작 못한 것이다.
 큰 걸 바라지는 않았기에 크라피스도 질문을 접고 등을 돌렸다.
 "돌아가지."
 "예, 대신관님."
 비탈길 아래 숲 속에 두 사람이 타고 온 말들이 있었다.

물론 마부 겸 부근을 경계하는 병력들도 있었다. 성기사들이 숲을 지키던 파수병들의 목을 치고 그 자리를 대신한 것이다.

한데, 크라피스는 올 때는 못 보았던 남녀를 보았다. 그들의 입에는 재갈이 물려져 있었으며, 팔은 뒤로 묶인 채였다.

"누구지?"

"수배 중인 자들인데 근방을 지나치는 걸 보곤 포획했습니다. 이자는 잔트라 하옵고, 저 여인은 동칠교의 창궐에 힘을 썼던 아말렌이라고 하옵니다."

"하면, 남자는 무슨 죄로?"

대신관이 일개 신관들의 이름을 외울 필요는 없었다. 더군다나 잔트는 파타마 신전에 파견 나가 있었기에 크라피스가 그의 이름을 모르는 건 어찌 보면 당연했다.

질문을 받은 성기사는 이실직고했다.

"본래는 신성 제국의 신관이었던 자입니다. 파타마 신전에 파견을 나가 있던 자였사온데, 동칠교에 회유되었습니다."

사연을 들은 크라피스의 잔트를 향한 미움이 극에 달하며 눈썹이 파르르 떨렸다.

동칠교는 원수가 아니던가.

"신성 제국의 신관이라는 자가 어찌……."

그에게 있어 잔트는 당장 이 자리에서 목을 쳐도 시원찮을

놈이었다.

정말 이 자리에서 즉결심판이라도 할 셈인지 이를 갈던 크라피스가 성기사의 검을 빼앗아 잔트의 목을 겨눌 무렵이었다.

누군가가 숲 저편에서 달려오는 소리가 들렸다.

"멈춰!"

생소한 목소리의 주인공에게 한 성기사가 달려가기 직전, 크라피스가 검을 거두고 손을 뻗어 그를 제지했다.

"발소리로 보아 두 명이다."

2명 정도면 누구라 한들 제압할 수 있다는 자신감이 있었기에 취한 행동이었다.

발소리가 더 다가오기 전에 눈치 빠른 성기사들은 나무 뒤로 숨었다. 그로써 이쪽도 인질을 제외하고 둘이 되었다.

크라피스와 샤만은 발소리를 기다리고 있었다.

곧 대상이 나타났다.

헐레벌떡 달려오던 이는 다름 아닌 동칠이었다.

놀람에 잔트는 찢어질 듯 눈을 부릅떴고, 아말렌의 눈에선 제어 못한 눈물이 왈칵 쏟아졌다.

하지만 대상이 동칠이라는 것을 모르는 크라피스는 여유를 부렸다.

"한 발소리는 늦군. 바쁘니 우선 이쪽부터 대할까?"

당연히 대답할 줄 알았던 샤만이었는데, 그는 벙어리가 되었는지 통 말을 못했다.

 아닌 게 아니라 입술이 벌벌 떨리고 있다.

 그 모습에 크라피스가 눈썹을 휘고서 질책했다.

 "내가 직접 해야 하나?"

 그러자 샤만은 경기를 일으킨 사람처럼 떨리는 목소리로 부르짖었다.

 "하지 마옵소서. 하지 마옵소서."

 그의 기억 속에 동칠이 잔재했다.

 동칠이 대륙에서 문제를 일으킬 무렵 샤만은 그 자리에 있었다.

 그를 제거하기 위해 파견되었던 샤만은 겁에 질려 얼어붙을 수밖에 없었다.

 분명 동칠은 사람이 아니었다. 오죽했으면 그 또한 동칠이 정말 신이 아닐까 하는 의심을 품었을까.

 그만큼이나 동칠이 가진 힘은 인간의 것이라고 보기 어려웠다.

 여기에 천군만마가 있다고 해도 동칠을 상대하는 일은 고쳐 생각해보아야 했다.

 지금의 화난 표정이 악마 같은 눈동자로 싸늘히 웃던 그때의 동칠과 겹쳐 보이는 바람에 샤만은 전신에 한기가 돌았다.

 그런 사정도 몰라주고 크라피스는 샤만의 따귀를 때렸다.

짝!

"날 우롱하는 것이더냐? 아무리 네가 성황 폐하를 보위한다고는 하나, 내 앞에서 이래서는 안 된다."

원체 다혈질이었던 관계로 황궁 내에서는 크라피스에 대한 소문이 자자했다. 성황도 불같은 그 성미를 알고 그에게는 한 수 접어준다고 하질 않았던가.

샤만은 억울할 따름이었고, 동칠은 그 와중에 악을 바락바락 질러댔다.

"어서 풀어달라고!"

마침 은발의 한 남자가 더 나타났다.

참고 기다리던 발소리여서 나무 뒤에 모습을 숨긴 두 성기사가 날랜 몸놀림을 과시라도 하듯 좌우로 그의 목에 검극을 들이밀었다.

자신들이 검을 겨눈 대상이 누구라는 것도 모르고……

한데 은발의 남자인 이브릴은 두 성기사를 맵찬 시선으로 쏘아만 볼 뿐, 별다른 대응을 하지 않았다. 아직 손을 쓸 시간은 많았기 때문이다.

뒤이어 나타난 사내는 안중에도 없는 듯 동칠에게서 시선을 떼지 못하던 샤만이 그제야 더듬거리며 이야기했다.

"도, 동칠입니다. 저자가……."

제 역할들도 잊어버린 건지, 이브릴에게 창칼을 겨누고 있던 성기사들이 그에 깜짝 놀라서는 동칠을 바라보았다.

신성 제국 내에서 동칠에 대한 소문은 파다했다. 하니, 어찌 그들이라고 접하지 않았으랴.

동료 성기사들이 학을 떼던 동칠인지라 두려움은 일파만파 번져 갔다.

대신관 크라피스라 한들 예외일 순 없었다.

"도, 동칠이라고?"

눈이 동그래져서 되묻는 그에게 긴장으로 입안에 잔뜩 고인 침을 꿀꺽 삼키고는 샤만이 재차 대답했다.

"제, 제가 그 자리에 있었잖습니까. 트, 틀림없습니다."

이 자리에서 오늘이 있기 전까지 직접 동칠을 목격했던 건 샤만뿐이었기에, 더한 의심은 필요치 않았다.

두려움의 대상, 인간들을 가지고 놀고자 인세에 내려온 드래곤일지도 모른다는 그 동칠이 눈앞에 서 있다.

무턱대고 다가오는 동칠의 발걸음에 샤만이 경악하여 제지했다.

"가, 가까이 다가오지 마. 더 이상 다가오면 이들을 죽일 테다."

동칠은 저들이 너무 과민 반응을 한다고 생각했다.

그러나 경고에서는 진심이 묻어났기에 더 이상 발걸음을 옮겨 가는 것은 무리였다.

내쳤다고는 해도 잔트와 아말렌, 저 두 사람이 이런 일에 휘말려 목숨을 잃거나 인생이 망가지는 것은 원치 않았다.

그들이 붙들려 끌려가는 모습을 본 것은 순전히 우연이었다.

다짜고짜 동칠이 죽겠다고 달려가는 것 같아 이브릴은 뒤를 따랐다.

그러나 굳이 그럴 필요가 없었던 듯했다. 저들은 동칠이 모습을 드러낸 것 자체만으로도 충분히 질겁하고 있었으니까.

오가는 말과 동칠이 벌였던 일을 안다면 바보라도 추론이 가능한 상황이었다.

이브릴은 곁의 두 성기사와 크라피스, 그리고 샤만에게까지 들리도록 비아냥거렸다.

"학습의 효과란 대단하군."

신성 제국 일원 모두가 이브릴이 동칠을 믿고 까분다고 생각했다. 그 정체를 모르는 바이니 어림짐작한 것이다.

크라피스의 이브릴에게로 향했던 홍채가 다시 동칠한테 머물렀다.

도발에 넘어가긴 했지만, 당장엔 동칠 말고는 딴 데 눈을 두어서는 안 되었다. 저 흑발의 청년이 동칠인 이상 자신들은 생명이 경각에 처해 있다고 보아야 했으니까.

그래도 그는 할 말은 하는 용감함을 보였다.

"신도 둘을 데려가기 위해 걸음을 한 건가? 당신한테는 신놀이가 그렇게도 재미있나 보지?"

다만 말처럼 육신은 용감하지 못해 바짝 움츠러들어 있었다.

동칠이 미처 대답하기도 전에 크라피스의 뇌도 위기를 헤쳐 나가고자 바쁘게 사고했다.

'저 뒤의 은발 청년까지 인질로 잡으면 그가 투항할까? 아닐 경우는 어떻게 되지? 역시 너무나 큰 도박일까? 일단은 이 두 인질을 풀어준 뒤 대화에 응해야 하는 방법뿐인가? 치잇, 상황이 너무 안 좋아.'

지금에야 동칠이 대답하고 있었다.

"신 놀이? 그런 거 할 생각도 없고, 하지도 않았어. 당신들이 오해한 거야."

"오해? 세상이 다 알고 있는 사실을 왜 숨기려 들지?"

말을 던지다 말고 크라피스는 움찔했다. 자신이 너무 막 던지는 건 아닌지 뒤늦게 걱정이 되었던 탓이다.

다행히 동칠은 그 점을 문제 삼지 않았다.

"난 결백해. 그리고 동칠교는 해산이다."

뒷말이 믿어지지 않았던 나머지 크라피스가 눈을 치떴다.

"해산이라고?"

"그래, 이미 해산 중이다."

그 광신도들이 해산을 한다는 건 크라피스에게는 도저히 이해가 가지 않은 얘기였다.

"날 속이려는 것이더냐? 네 신도 둘을 구해내기 위해?"

이브릴은 저런 질문은 건네는 것 자체가 시간 낭비라고 생각했다. 그래서 끼어들었다.

"구하고자 한다면 무리 될 것도 없지. 네놈들의 목숨을 간단히 빼앗으면 될 일이니까."

크라피스는 '네놈은 뭐냐?'라고 대들려고 했다. 그러나 입이 다물어져 차마 벌어지질 않았다.

'읍.'

마치 아교라도 붙은 느낌이었다.

일순 그의 뇌리로 무시 못 할 음성이 날아들었다.

-입 조심하는 게 좋을 게다. 버러지만도 못한 인간 주제에.

툭하면 버러지, 구더기, 각종 벌레나 하찮은, 빌어먹을 등을 인간에 대한 수식어로 붙이게 된 건 다 동칠을 미워하다가 생긴 버릇이었다.

'다, 당신은……?'

-하찮은 인간 놈에게 이 몸을 소개해야 하느냐?

그 순간 크라피스는 보았다. 이브릴의 홍채에 떠도는 광오함을…….

그것은 도저히 인간이라면 품을 수 없는 빛이었다.

만약 인간이 저런 홍채를 하고 있다면 미쳤다고 해야 할 것이다.

마주하고 있는 것만으로 몸이 오그라드는 느낌에다, 다리는 힘이 풀려 털썩 주저앉을 것만 같았다.

신성력을 동원해 크라피스는 겨우 바닥에 무릎을 대는 창피를 면할 수 있었다.

'드, 드래곤……'

직감이 맞을 것이었다. 그 존재 말고는 달리 표현이 되질 않았다. 다른 이들과 다르게 그는 한순간에 이브릴의 정체를 꿰뚫어 본 것이다.

크라피스가 기죽은 모습을 보인 뒤에야 이브릴은 용언 마법으로 펼친 제어를 풀어주었다.

붙었던 입술이 그제야 떨어졌지만, 드래곤과 할 얘기는 없다.

크라피스는 떨리는 음성으로 동칠과 말을 섞어나갔다.

"우리가 정말 당신 말을 믿어도 되오?"

이브릴 탓인지 깔아 누르던 듯한 말투가 고분고분해졌다. 그래서 동칠도 날을 세우지 않고서 대화에 임했다.

"난 거짓말 안 해. 대신 당신들도 약속해줘. 동칠교를 떠난 신도들에게는 손대지 않겠다고."

곱씹어 생각해보니 맞을 수도 있다. 아까 본 저들의 진영에는 분명히 이상이 있었으니까.

동칠은 그간의 사정을 모두 얘기했다.

따지고 보면 자신도 피해자였고, 신도들 대부분이 욕심에 눈먼 간부들에게 속아 넘어간 것이라고.

교화 • 221

또 신도 중 대다수가 비전투병으로 분류된 것도 덧붙였으니, 이제 크라피스의 미움은 상당히 가라앉았다.

"당신 말이 정말이라면 우리가 실수했구려. 하지만 아직 확답은 줄 수 없소. 어찌 되었건 신성 제국과 당신은 이미 척을 졌지 않소."

이브릴은 그가 참 우습다고 생각했다.

꼭 쥐가 고양이를 가만두지 않겠다고 하는 것 같았기 때문이다.

그러나 곧 크라피스도 자신들의 처지를 깨달을 수 있었다. 이브릴이 의식되었기에…….

'드래곤에 동칠… 아니, 입수한 정보에 의하면 그는 더 많은 인맥을 가지고 있다. 세력 있는 길드도 그렇지만 공국들과 왕국들까지 줄을 못 대서 안달이라고 했으니. 저 크루거 제국의 황제 오테라스도 그를 총애한다지 않았던가.'

마음만 먹었다면 동칠은 자신의 인맥만으로 신성 제국을 손볼 수도 있었을 것이다.

그러나 그가 직접 전면에 나서는 일은 없었다.

그것만으로도 동칠이 신성 제국을 적대시하지 않았다는 반증이 된다.

크라피스는 곧 생각을 바꿨다.

"인질을 풀어줘라."

그러자 샤만이 기다렸다는 듯 달려가 아말렌과 잔트를 풀어주었다.

 크라피스는 내심 잔트가 신경이 쓰였기는 하나, 집 나간 신관 하나 때문에 무리수를 둘 필요는 없었다.

 그렇게 아말렌과 잔트가 동칠의 품으로 돌아간 이후, 크라피스는 꼭 해야 할 말을 남겼다.

 "확답은 못 주겠소. 내가 신성 제국의 대소사를 관리하는 자리에 있기는 하나, 결정권이 나한테만 있는 것은 아니니······. 다만 오늘 들은 당신의 사정과 뜻 그대로를 전하겠소. 나 또한 전쟁광은 아니니 원만한 해결이 있기를 기대할 따름이오."

 과연 명불허전이었다.
 수많은 사람들이 매몰되고 병력에도 손실이 있었지만, 알타 산을 에워싼 크루거 제국의 군대는 무려 1만여 병력에 이르렀다.
 그마저도 실력을 우선으로 차출된 병력이었다.
 황국의 미래를 걱정하는 몇몇 신하들은 뒷일을 생각지 않은 일이라고 수군거렸지만, 그 같은 얘기가 황제의 귀에 흘러들어간다면 누군들 목을 칠 기세여서 모두가 쉬쉬하고 있었다.
 제국군이 마왕 바이돈크라우스보다 알타 산에 먼저 이를 수 있었던 건 마법의 힘을 빌어서였다.

공간 이동이라는 썩 괜찮은 마법이 존재한 까닭이다.

제국군은 놈이 올 만한 길목에 대단위의 함정을 만들고, 치밀한 작전을 세우기에 여념이 없었다.

바이돈크라우스는 대비할 시간을 충분히 주겠다는 듯 제국과 알타 산 간의 모든 도시를 파괴하며 서서히 다가오고 있었다.

덕분에 이반은 언제까지고 수면 포션만 섭취할 수 없는 노릇이 되었다. 삼식의 몸이 아무리 튼튼하기는 하다지만, 수면 포션을 과다 복용하면 몸에 무리가 올 수도 있기 때문이다.

대신에 이반은 일리얀에게 접근, 솔직한 사정을 얘기하고 마왕이 올 때 한 가지의 부탁을 남겨 놓았다.

"그러니까 자네 말은 때맞춰 이 청년을 잠재워달라는 얘기군."

잘도 알아들어주는 일리얀에게 이반은 재깍 고개를 끄덕였다.

"그렇습니다."

오는 도중에 이미 황제에게 이 몸에 들어가게 된 사연을 설명한 이반이었다.

자신에게는 교관이었던 사람이고, 잔정 또한 남아 있어 황제는 최측근들에게 이반을 대함에 있어 소홀함이 없도록 지시한 뒤였으니 일리얀도 청을 거절하지 않았다.

"좋네. 내 그리함세."

"감사합니다."

연배로 보면 이반이 한참 위였다. 그러나 지위라는 게 있다.

그가 오테라스에게 검술을 사사할 때부터 제국에 눌러앉았다면 대화가 어떻게 변했을지는 모르는 일이었지만, 이반은 작금 아무런 지위가 없어서 일리얀을 올려다볼 수밖에 없는 처지였다.

물론 이반 본인이 그에 불만이 없었기에 둘의 대화에는 일체 부자연스러움이 없었다.

관 뚜껑을 열고 의식을 준비하려던 이반은 잊은 게 떠올라 부랴부랴 일선에서 움직일 일리얀들에게 다가갔다. 그리곤 일리얀 외의 중책들도 들을 수 있을 만한 크기로 중얼거렸다.

"참, 저놈, 아니 이놈이 버릇이 많이 없습니다. 다소 경솔한 언행으로 눈살을 찌푸릴 수 있으실 테지만 한껏 도울 터이니 제국의 미래를 위해……."

장황하게도 늘어놓는 이반이 우스워 보였는지 저마다 입가에 미소를 그렸다.

"알았네, 알았어."

웃을 분위기만 되었다면 서로가 굉장히 친해질 수 있는 상황이었다.

이반은 이를 참 아쉽게 생각하며 돌아서 관이 마련된 한쪽에서 가부좌를 틀고 명상에 잠겨 들었다.

 이런 일이 여러 번이어서 다행히 다소 부산스러움에도 이반은 집중을 통해 무사히 자신의 영혼을 빼내어 초라한 육신으로 돌아왔다.

 황제가 눈을 뜬 이반을 보며 그의 말이 사실이었다는 것에 조금 놀란 기색을 띠었다.

 "거참 신기하군."

 동의한다는 듯 곁의 신하들이 말없이 고개를 숙였다. 그들에게도 영혼이 공유될 수 있다는 것은 상식을 깨는 놀라운 일이었던 것이다.

 이반은 일어나자마자 삼식의 육신을 붙들고 조용한 곳으로 끌고 갔다. 그 모습이 하도 딱해 보였기에 황제 오테라스의 눈짓을 받은 신하들이 직접 거들었다.

 "감사합니다."

 "별말씀을……."

 잠시 겨드랑이만 잡아끈 것뿐인데도 땀이 난다.

 함께 있어도 되는데 이반이 굳이 이곳으로 자리를 옮긴 까닭은 깨어날 삼식으로 인해 야기될 언짢을 상황들을 미연에 방지하고자 함이었다.

 청명한 하늘을 보며 그는 손등으로 땀을 훔쳤다.

 '참으로 야박하구나. 하늘은 어쩜 저리도 맑을꼬.'

하나, 마땅히 탓을 할 곳이 없었다.

제국이야 이 일의 원인이 황제의 욕심으로 인해 비롯되었음을 알지만, 이반과 삼식은 그렇지 못했기 때문이다.

그랜드마스터. 늘 꿈꾸던 경지였다.

당시 병을 앓지만 않았더라도 소드마스터는 진즉에 올랐을 그였다.

비록 삼식의 육체를 빌어 그랜드마스터가 되었다지만, 이제는 그 경지로 마음을 놓을 수가 없게 되었다.

마왕 바이돈크라우스. 놈이 소환했을 것으로 유추되는 암흑 골렘을 쓰러뜨리는 데도 그렇게 애를 먹었다.

하물며 마계의 왕은 어떠할까?

그는 조심히 황제를 살펴보았다. 예측대로 황제는 두려움이 없어 보였다. 겉으로는 말이다.

'어쩌면 신하들 앞이라 애써 태연한 척하시는 것일 수도……'

황제가 움츠러들면 신하들 사이에선 불안함이 조성될 것이다.

이런 어려움에는 마땅히 으뜸이 되어 자신감을 내보이는 게 황제의 도리였다.

그때, 기다리던 삼식이 깨어났다.

"아흐, 머리야."

머리가 아픈데 일조를 해 약간의 미안함이 자리했지만 이 이반은 시치미를 뚝 뗐다.

"두통이라도 있는 게냐?"

"모르겠어. 머리가 깨질 것 같네."

찡그린 얼굴로 주위를 둘러보던 삼식은 곧 이상한 점을 발견했다.

"가만, 여기가 어디야?"

"삼식이 네가 잠이 너무 곤히 들어서 내 저분들께 협조를 요청하고 급히 이곳으로 데려왔단다."

"여기는 왜 왔는데?"

"마왕이 이리로 온단다."

"아!"

잠시 감탄사를 내뱉던 삼식에게 금방 다시 의문이 싹텄다.

"근데 나 말 타고 왔나? 아니, 말 타고 왔으면 흔들려서 깼을 텐데. 오토바이는? 내 오토바이로 온 거야?"

이반은 고개를 설레설레 젓고서 자신을 넣어 온 관을 가리키며 태연히 답했다.

"먼 길 안전하게 오려고 관에 넣어 데리고 왔단다."

마침 황제 근처에 관을 두는 게 예의가 아니라는 걸 알고 두 기사가 관을 들고 왔다.

기사들이 가고 난 후 삼식이 일어서 관을 살피더니 턱을 매만지며 의문점을 제기했다.

"뭔가 수상해. 여기에 날 넣고 왔다고?"

"실수로 좀 작게 짰단다. 하지만 구겨 넣으니 들어가더구나."

거짓말도 일사천리였다.

한 가지 거짓을 말하게 되니 금세 여러 거짓말들이 줄줄이 엮이기 시작했다.

삼식은 꾸준히 궁금한 것들을 묻고 있었다.

"오토바이는 어쨌는데?"

"이 스승이 사람들 없는 곳에 고이 모셔 두었단다."

두통이 많이 가신 상태였지만 삼식은 눈썹을 가파르게 기울였다.

"그래? 믿어도 돼?"

"이 스승이 언제 허언을 일삼더냐?"

그제야 밉살스런 표정을 그치고 삼식은 빙긋이 웃었다.

스승에겐 책잡힌 게 많아 꺼려져야 정상이건만, 왜인지 모르게 요 근래 스승이 더욱 다정하게만 느껴졌다. 무엇이라도 공유할 수 있을 것처럼 친근하게 느껴진달까?

그러나 스승에게서 시선을 떼고 턱을 괸 채 주위를 둘러보기 시작하더니 이내 인상을 찌푸렸다.

"이상해. 여기 어디서 많이 본 곳이란 말이야."

"알타 산이란다."

알타 산.

모를 리가 없었다. 그에게 그 많은 인생의 역경이 살아 숨

쉬던 곳이 바로 알타 산이 아니던가.

"아, 알타 산?"

상기된 삼식의 표정을 보며 이반이 물었다.

"그렇단다. 이 산에 안 좋은 기억이라도 있는 게냐?"

"아, 아니. 그럴 리 없지. 이 삼식 님이 그럴 리가······."

꼭 힘없던 피해자란 뉘앙스를 풍긴다.

누구한테 쥐어 터졌다거나, 어느 산적단에 잡혀 눌려 살았던 일이 있다고 콕 집어서 내색하진 않았지만······.

그러나 그 모든 것은 과거일 뿐이었다.

이제는 삼식이가 아니라 만인이 우러러 열광하고 떠받들 삼식 님임을 삼식은 자신하고 있었다.

'동칠의 탈을 쓴 그 악마라도 이제는 상대할 수 있다. 난 과거의 삼식이가 아니니까. 세상에 날 꺾을 존재는 없어. 내 상대는 오로지 마왕뿐!'

삼식은 단단해졌다. 몸도, 그리고 마음도.

하지만 자아도취에 빠져 거만한 표정으로 뻐기는 꼴이 이반은 보기 싫었다.

너랑 어울리지 않는다고, 그토록 하지 좀 말라고 사정을 했음에도 검술을 익힌 이래 종종 삼식은 지금과 같은 모습으로 변했다.

화제를 돌리고자 이반이 저들에 대해 먼저 간단한 소개를 하고 대크루거 제국의 황제에게 인사나 하러 가려고 맞잡은 손. 삼식이 고갯짓으로 오테라스를 가리키며 시건방지게 물어왔다.

"아, 쟤가 황제야?"

이반이 다급히 경솔한 삼식의 입을 틀어막는다.

하지만 삼식은 자신을 생각해줘 행동한 이반의 손을 가볍게 치워버렸다.

"에이, 뭐 어때. 내가 짱인데."

이반은 이대로 삼식을 데리고 황제 오테라스에게 인사를 하러 갔다간 곤욕을 치를 수도 있겠다 싶었다.

하여, 사전에 그가 어떠한 인물인지에 대해 심도 깊게 설명해준 뒤 알아듣도록 신신당부를 했다.

"삼식아, 분명히 말하지만 저분께선 그랜드마스터시란다. 네가 저분처럼 강해지려면 두 배, 아니 열 배는 노력해야 돼."

10배만으로는 당연히 모자랐다. 수십 배, 아니 수백 배 노력해야 했다. 그런데도 삼식은 도통 스승의 말을 귀담아듣지 않았다.

"에이, 스승은 아직 내 힘이 어느 정도인지 모르잖아. 내가 잠재 능력까지 발휘하면 얘기는 다를걸. 내친 김에 비무나 해볼까? 누가 더 강한지?"

비무. 무를 견준다는 뜻이다.

이반은 검술을 사사할 때 그런 세세한 것까지 삼식에게 알려 준 게 진정 후회가 되었다.

그러나 탄식만 내뱉고 있을 틈이 없었다. 삼식이 자신감에 찬 걸음으로 오테라스에게 성큼 다가가려 하고 있었기 때문이다.

"인석아, 그건 예의가 아니다. 삼식이 네가 더 강하다 해도 그건 안 된다."

삼식이 우뚝 걸음을 멈추더니 빈정거리며 물었다.

"거봐, 내가 더 강한 거지?"

"사실 삼식이 네가 더 강하다. 그러니 저분께는 묻지 말아 다오. 황제께는 그것도 자존심에 누가 될 수 있는 게다."

십분 이해한다는 듯 삼식이 고개를 끄덕였다.

"뭐, 저 정도 지위면 그럴 수 있겠지. 대크루거 제국의 황제라니 내가 한 수 접어줘야지."

역시나 삼식을 다스리려면 거짓말을 밥 먹듯이 해야만 한다. 이반은 그것을 깨달았다.

곧이어 조마조마한 심정으로 삼식을 데리고 인사를 올렸지만, 녀석은 크게 무례한 행동은 하지 않았다.

아직 황제를 대하는 예우는 한참 모자랐지만, 오테라스는 그런 것으로 뭐라 할 인물이 아니었다. 내면의 포악성을 일깨우는 마모라크스를 먹은 게 한참이나 지났으니 다행이었다.

✤ ✤ ✤

 동칠 일행이 그 소식을 들은 건 지금이었다.
 "…세상에 멸망이 올 거랍니다."
 잔트는 스스럼없이 말을 높여 장황한 설명을 해주었다.
 그는 대륙에 이는 피바람, 그 중심에 마왕 바이돈크라우스가 있다는 얘기를 전했다.
 아무래도 신도들을 교화시키느라 눈코 뜰 새 없이 바빴던 동칠보다야 유랑을 했던 아말렌과 잔트가 대륙 사정엔 밝았던 것이다.
 직접 눈으로 보지 않아서인지 동칠은 그가 소문에 휘둘려 과장을 한다고 여겼으나 이브릴은 심각한 표정을 떨치지 못하는 중이었다.
 "놈이 어디로 이동 중이지?"
 "알타 산이라고 했습니다. 틀림없이 저는 그렇게 들었습니다."
 아말렌과 그가 식당에서 마주친 것은 수송부대의 부대원들이었다.
 그들은 온통 마왕으로 인해 야기된 사건들과 앞으로 벌어질 일을 격양된 어조로 떠들고 있었기에 엿듣는 것은 그리 어렵지 않았다.
 소문도 파다했으나, 잔트는 이 일과 관계된 이로부터 직접 들었으니 남들보다 비교적 사태에 대해 정확하게 꿰차고 있다고 할 수 있었다.

눈을 가늘게 좁히면서 이브릴이 일어났다.

"돌아가야겠다."

동칠은 여기 있는 누구보다 초조해졌다. 알타 산은 자신의 집, 와룡반점이 있는 곳이 아니던가.

그에 이브릴과 행동을 함께하기로 했다.

동칠교는 신도들에 의해 교화되어가고 있었고, 신성 제국과도 원만한 해결을 기다리고 있는 상태였으니 당장 여기서 더 할 일은 없었다.

"날 잡아라."

동칠이 주저하다 팔을 뻗는 순간, 데몬과 가르데일도 손을 뻗고 있었다.

이브릴은 차가운 시선으로 그 둘을 보았다.

"미래를 예측할 수 없다. 너희가 죽을 수도 있다는 뜻이다."

솔직히 이브릴은 이 일에서 손을 떼기를 원했다.

그러나 로드가 레어를 떠나지 않겠다고 고집을 부릴지도 모른다.

충심에서 더 건강하시라고 마실이나 다녀오시는 게 어떻겠냐고 해도 로드 쉴루스는 집 밖으로 나가지를 않았다.

드워프 롬들이 최근 지하 터널 공사까지 마친 뒤여서 사람의 눈을 피하는 것도 얼마든지 가능했는데도 말이다.

그 까닭에 롬들은 다시 한 번 수고를 하고 있었다. 안에서는 보이되 바깥에서는 보이지 않는 터널 공사를 진행하는 중이었던 것이다.

물론 바깥 공기까지 잘 흘러들 거라는 소리에 쉴루스는 무척이나 기대를 하고 있었다. 실내에서 타월 바람으로 하는 마실이 그가 하고 싶던 것이었으므로.

실제로 와룡반점 지하에 생성된 레어는 다시 만들 수 있을까 하는 의문까지 들 만큼 굉장했다.

필경 알타 산에서 전투가 벌어진다면 레어는 무너질 것이다. 그 사태를 미연에 방지하려면 마왕과 타협을 하거나 싸워야 한다.

그러나 이브릴이 알고 있는 바이돈크라우스는 그런 놈이 아니었다.

마왕 중에서도 적당히 타협을 하고 물러나는 녀석이 있는 반면, 무조건 힘으로 해결하려는 녀석이 있었다.

이브릴이 아는 바로는 마계에서 제일 성질 더러운 녀석이 바로 그, 바이돈크라우스였다.

그런 만큼 둘은 가지 않는 게 돕는 것이어서 이브릴은 삽 시간에 그 두 사람의 손을 쳐내고 번쩍이는 빛과 함께 동칠을 데리고 사라졌다.

눈 깜짝할 사이에 벌어진 일에 가르데일은 혀를 찼다.

"허!"

 반대로 데몬은 현실을 직시했다.

"이해합니다. 우리가 가봐야 인질로밖에 더 잡히겠습니까?"

 가르데일은 그 말에 도저히 수긍할 수 없다는 듯한 모습이다. 그래도 자신은 명망 있는 인물이라고 여겼던 그다.

"나 가르데일일세."

"저는 데몬입니다."

 이런 일이 있을 때마다 스스로를 강조하는 가르데일에게 이골이 난 데몬이었다.

 하지만 가르데일은 데몬의 명성은 깡그리 무시했다.

"세인들이 데몬을 몇이나 알겠나?"

"어르신도 그렇게 대단하시진 않잖습니까! 세상에 소드마스터가 몇인데!"

 옥신각신하는 두 사람.

 데몬도 가서 돕고픈 마음은 굴뚝같았다. 하나, 상대를 보아야 할 게 아니던가. 상대는 이브릴도 꺼리는 성질 더럽고 포악한 마왕이었다.

 한참의 실랑이가 벌어진 뒤, 말씨름에 지쳤는지 둘은 팔짱을 낀 채 언제 친했냐는 듯 콧방귀를 뀌며 돌아섰다.

"참 나."

"흥."

서먹한 분위기는 오래도 갔다.

슬슬 서로가 상대에게 너무했나 싶은 기분이 들 무렵, 두 사람의 뇌리에 동그라미와 네모가 떠올랐다.

"이럴 땐 고스톱이 딱인데."

"당구는 어떻고."

데몬이 혼잣말로 중얼거린 소리를 듣고 가르데일이 응수한 말이다.

"큭."

"훗."

허탈한 웃음으로 두 사람은 화해했다.

그렇게 서로의 진심을 확인하고 일단은 멀리서 지켜보자는 조건을 걸고, 그들은 동칠에게 받은 용돈으로 말을 구하러 나갔다.

* * *

이브릴의 우려대로였다.

드래곤 하트의 마나까지 소모해 곧장 마법진을 무시한 공간 이동을 감행하여 와룡반점에 다다른 뒤 쉴루스를 찾은 둘이었다.

이브릴은 다급히 세상에 떠도는 소문을 올렸고, 레어를 돌아다니며 한참을 사색에 잠겨 있던 쉴루스는 넌지시 고개를 저었다.

"안 갈 게다."

이브릴은 물론, 로드의 뒤를 졸졸 쫓던 페라쿠스의 눈알마저 경직되었다.

"하, 하지만 로드!"

"내 결정에 이의라도 있는 게냐?"

"아, 아니옵니다. 결정이 그러하시다면……."

이브릴과 페라쿠스 두 드래곤은 바이돈크라우스와 직접 맞붙은 적은 없었다.

하지만 서로 다른 계에는 힘의 균형이라는 게 있다. 그 균형이 무너지지 않고 있기에 서로가 다른 계를 넘보지 못하는 것인데, 마계의 경우는 마왕들이 지닌 힘과 권능이 너무도 컸다.

다시 말해 마계는 이 대륙처럼 여러 종족들에게 힘이 고루 분산되는 게 아니라 마왕과 그 수족을 자처하는 마물들이 가지는 힘의 비율이 월등하다는 얘기다.

물론 엄밀히 따지자면 순수한 정령의 힘은 빼놓고 설명해야 했다.

태곳적부터 그들은 중립을 지켜 왔으며, 계 간의 갈등을 조정하는 역할을 하고 있었으므로.

정령들이 인간을 비롯한 여러 영장류들에게 쉽게 협조하지 않는 이유도 모두 그에서 연유된 것이었다.

하나, 따지고 보면 이 갈등 상황은 드래곤들이 나설 자리는 못 되었다.

마왕 바이돈크라우스는 인간들을 멸족하려 함이었지, 이 세상을 파멸시킬 생각은 없었기 때문이다.

로드 또한 정령들이 있고 드래곤이 있는데 마왕 바이돈크라우스가 세상을 파멸시킬 수 있으리라 여기지 않았다.

더불어 자신이 헤츨링인 이때, 바이돈크라우스를 힘으로 굴복시켜 마계로 내쫓을 수도 없으니 그를 상대하는 것은 이브릴과 페라쿠스 두 드래곤이어야 했다.

"더 데려와도 좋다."

힘의 크기를 재고 어쩌면 두 드래곤으로는 무리일 수도 있겠다 싶어 허락한 것인데, 페라쿠스는 뒤통수를 벅벅 긁었다.

"저는 아는 드래곤이 없습니다. 아, 있기는 있사온데 어디 사는지를 몰라서……"

페라쿠스는 그 많은 세월을 독불장군으로 살아왔다. 심심해도 유희나 즐겼지, 다른 드래곤과 잘 엮이려 들지 않았다.

뒷짐을 진 채 쉴루스는 그런 페라쿠스를 꾸짖었다.

"제 놈밖에 모르고 살았구면. 에이, 못난 놈. 혼자만 드래곤이고 싶었더냐?"

바로 보았다. 페라쿠스는 더 많은 우월 의식을 느끼고자 그렇게 살아온 것이다.

기가 죽어 고개를 꺾는 페라쿠스에게서 시선을 뗀 쉴루스는 이번엔 이브릴에게 눈을 옮겼다.

"너는?"

"저는 좀 있습니다. 제 바다 주위에 있는 드래곤들이라면……."

말이 끝나기도 전에 쉴루스가 고개를 저었다.

"아직 다 성장도 못한 놈들을 데려와서 뭣하게. 어른 싸움에 애들 다치게 할 일 있느냐?"

그들의 대화가 오가는 동안 동칠은 바늘로 입을 꿰맨 것처럼 아무 말도 못하고 있었다.

사실 쉴루스는 이 레어 때문에 무조건적인 고집을 세우는 게 아니었다.

'무슨 일이 있어도 여기를 버릴 순 없어.' 라는 동칠의 생각을 읽은 탓이다.

그는 동칠을 잃고 싶지 않았다. 그러니 무작정 떠날 것을 강요한다는 것도 안 될 말이었다.

그렇다고 두 드래곤의 목숨이 아깝지 않느냐, 그건 아니었다.

하지만 이브릴과 페라쿠스가 제 몸 하나 못 지킬 녀석들도 아니고, 미련하게 목숨을 잃을 때까지 싸우게 놔두지도 않을 터였다.

큰 상처를 입는다면 그들은 안전한 곳으로 공간 이동을 하면 그만이었다.

 문제는 쉴루스 자신이었다.

 바이돈크라우스가 바보가 아닌 이상 로드 드래곤인 자신에게 손을 댈 리는 없지만, 파편에라도 목숨을 잃을 수 있는 게 지금의 자신이다.

 만일 그렇게 죽는다면 정령계에 가 하소연을 할 수도 없다. 꼼짝없이 다시 태어날 그날까지 지루한 기다림을 해야만 하는 것이다.

 쉴루스 자신의 잘못도 컸다.

 희희낙락하며 세월을 보내지 않고, 유사시를 대비해 장로급 드래곤들이라도 찾아놓았다면 간단히 해결될 문제였다.

 이브릴과 페라쿠스 같은 에인션트 드래곤이 더 있었더라면 바이돈크라우스는 여길 넘보지도 못하고 돌아갔을 테니까.

"돌아가도 좋네."

 나머지 대화는 드래곤들끼리만 하고 싶었는지 쉴루스는 동칠에게 그렇게 말했다.

 쉴루스의 속마음을 꿰뚫어보지 못하는 관계로 동칠은 그가 단지 이 레어가 좋아서 고집을 부리는 거라고 여길 수밖에 없었다.

"레어는 다시 지으면 되잖아."

 동칠의 말에 쉴루스는 멋쩍게 웃었다. 인간이 드래곤을 걱정해준다는 게 싫은 기분은 아니었던 것이다.
 이브릴과 페라쿠스는 동칠이 로드를 잘 타일러주길 바랐지만, 쉴루스의 뜻은 더 확고해져 버렸다.
 "다시 짓는 건 흥미가 없네. 여기엔 마음이 남아 있어."
 롬을 포함한 드워프들의 마음, 그리고 동칠의 마음을 일컫는 말이었다.
 동칠은 다 보내고 혼자만 남으려 했다. 그것이 쉴루스로 인해 벌써 틀어져 버린 것이다.

율카스는 울먹였고, 하만은 눈을 똑바로 뜨고 대들었다.
"못 갑니다. 아니, 안 갑니다."
"사장님, 저희한테 왜 이러시는 겁니까?"
이미 사정은 설명한 동칠이었다.
부근에서 곧 무서운 일이 벌어질 테니, 종업원들 모두는 멀리 떠나 있으라고…….
하지만 그런 동칠의 말이 처음으로 종업원들에게 씨알도 먹히지 않았다.
"여태 사장님께 받기만 하고 해드린 게 없습니다. 화살받이로라도 써주십시오."
"왜 해준 게 없어. 열심히 일했잖아. 그거면 됐지! 너희가 내 종이냐? 종업원이지."

 사람을 떠나보낼 땐 정도 함께 털어야 하는 법!

 보덴의 말에도 동칠은 일부러 성깔을 부렸다. 그럼에도 불구하고 종업원들은 한결같았다.

 그때, 침묵만 지키고 있던 판테스마저 웬일로 음성을 높여 반기를 들었다.

 "죽어도 같이 죽겠습니다. 그게 저희의 의무입니다."

 자장면 한 그릇에 인수한 녀석들……

 그러나 이제는 와룡반점이란 테두리 안에서 이렇게나 정이 들어버렸다.

 동칠이라고 어찌 서운하지 않겠는가. 그놈의 정이라는 게 무언지 벌써부터 가슴이 먹먹해졌다.

 동칠이 계속 강압적인 태도를 고수하자 보덴이 샨을 다그쳤다.

 "샨, 너도 뭐라고 말 좀 해봐."

 샨은 울기만 한다. 목이 메어서 한마디도 할 수가 없었다.

 곧 롬을 비롯한 드워프들을 데리고 있는 페라쿠스 쪽이 먼저 번쩍였다. 여기와는 멀찍이 떨어진 곳으로 공간 이동을 한 것이다.

 종업원들과 동칠 사이에 있던 이브릴도 싫은 기색을 했다.

 "언제까지 뜸을 들일 거지?"

 "부탁해."

동칠의 말이 떨어지기 무섭게 이브릴은 종업원들 중 판테스와 산을 붙들고 사라졌다. 그에 종업원들이 깜짝 놀랐을 때 이브릴은 또 나타났고, 이번엔 하만과 율카스를 데리고 사라졌다.

 눈치 빠른 보덴은 눈물을 흩뿌리며 도망치고 있었다.

 "사장님, 저희한테 이러시는 거 아닙니……."

 차마 말을 맺지 못하고 재차 나타난 이브릴에게 붙들려 사라진 보덴.

 물체를 이계로 이동시키는 것은 워낙 방대한 마나의 양을 필요로 하니 낱개로 옮겨야 하지만, 같은 대륙이라면 수가 얼마가 되어도 상관은 없다.

 그렇게 종업원들을 감쪽같이 내쫓아낸 이브릴이 나타나자 동칠은 진심을 담아 말했다.

 "고마워."

 "……."

 이윽고 저쪽에서 페라쿠스가 나타났다.

 순순히 따르던 드워프들이라 그는 한 번에 모두를 데리고 가는 게 가능했다.

 그럼에도 이브릴보다 늦었다는 건 늑장을 부렸다는 말밖에는 안 됐다.

 "이런 순간에도 요령이나 피우려고……."

 이브릴의 이죽거림에 페라쿠스는 휘파람을 불어댄다.

사실 페라쿠스는 드워프들을 외딴섬에 놓고 오면서 잠시 갈등했었다.

 로드가 아직 헤츨링이니만큼 의사를 무시하고 안전한 곳으로 대피를 시키는 것은 어떨까?

 정말 로드를 위하는 게 어떤 것인지를 고민해본 것이다.

 그러나 그도 학습 효과는 있었다.

 로드에게 혼이 난 과거들은 대부분 그의 말을 무시해서 생긴 결과물이었다.

 똑같은 실수를 되풀이할 순 없었다.

 까라면 깐다는 진보적인 사고방식을 택한 페라쿠스는 불어오는 바람을 정면 돌파할 생각이었다.

 그렇게 심난한 이브릴과 별생각 없어 보이는 페라쿠스를 등지고 동칠은 저장고로 향했다.

 후다닥.

 발소리를 들었는지 무언가 잽싸게 움직였다. 필시 만드라고라일 것이다.

 들어가 보니 만드라고라가 불쌍해 보이는 눈망울로 동칠을 맞이했다.

 임시 감옥의 문에 달아놓은 자물쇠는 열려 있었다.

 분명 종업원들 중 누군가가 만드라고라를 가엾게 여기고 열어준 것일 터.

 동칠은 그들을 탓할 생각은 없었다. 새우를 먹은 지 오래

되어서인지 만드라고라도 과거의 순한 모습을 되찾았으므로.
"주인, 미안해."
 사과 한마디에 동칠은 문을 열고 망설임 없이 그녀를 빼내었다.
"아니, 내가 미안하다. 가둬둬서."
 오랜만에 동칠의 손을 잡고 저장고를 빠져나가는 만드라고라의 표정이 밝아 보였다. 하지만 동칠은 씁쓸하게 웃어줄 뿐, 더 환한 표정을 떠올리진 못했다.
 동칠은 이브릴에게 그녀를 데리고 갔다.
"이 아이도 보내줘. 그래야 제대로 싸울 수 있을 것 같아."
 미리 쉴루스로부터 봉인한 힘을 풀어야 할 것이라고 들었다.
 무고한 생명들이 죽고 세상이 위태롭게 된 이상, 힘을 봉인한 채로 죽는다는 건 미련한 짓이었다.
 그러나 동칠에게는 많은 약점들이 있었다.
 바로 주변 인물들! 그들이 인질로 잡히면 아무것도 할 수 없을 것만 같았다.
 또한 미친놈으로 돌아간다면 적이고 아군이고 구별 없이 사고를 칠 가능성이 높다.
 그러한 사태들을 미연에 방지하려면 정이 든 모든 이를 떠나보내야만 한다.

예상을 뒤엎고 만드라고라가 고개를 내저었다.

"싫어. 안 갈래."

동칠은 좋은 말로 타일렀다.

"여기 있으면 다쳐."

"그래도 안 갈래. 주인 옆에 있을래."

너무 많이 길들여져서일까? 꼭 집밖으로 쫓겨나는 강아지처럼 만드라고라는 주인의 다리를 붙들고 놓질 않았다.

"잘 들어. 여기 마왕이라는 놈이 와. 그놈이 오면 나도 죽고 이 산도 없어질 거야."

동칠도 쇠고집이었지만 만드라고라도 만만찮았다.

그녀는 계속 고개를 저어 결코 뜻을 따르지 않겠다고 항변했다.

답답해진 동칠이 기어이 소리를 버럭 질렀다.

"자유를 줬잖아! 부려먹고 다그친 내가 뭐가 좋다고! 그곳으로 가. 양파도 다 그쪽으로 옮겨 놨어. 그곳엔 샨이랑 다 있을 거야."

"흐잉, 양파 안 먹어."

하지만 투정 부리는 아이처럼 만드라고라는 연거푸 눈물을 훔치며 섧게 울어댔다.

처음으로 주인과 양파의 무게가 마음의 저울에 올려졌다.

그리고 기실 그녀는 주인이 양파보다 무겁고 소중한 것이라는 느낌을 강하게 받고 있었다.

양파는 말없이 희생해 기쁨을 줄 뿐이지만 주인에게는 미운 정, 고운 정이 다 들었다.

그게 만드라고라가 동칠을 못 떠나는 이유였다.

더군다나 주인이 죽게 될 것이라 하니, 하늘이 다 무너지는 심정이어서 고르던 숨마저 가빠왔다.

고집불통인 만드라고라에게 역정을 내고 동칠은 이브릴에게 말했다.

"부탁해."

아까처럼 강압적으로라도 데려가 달라는 얘기다.

그에 이브릴이 움직이려 할 때였다. 느닷없이 쉴루스가 나와 이 문제에 끼어들었다.

"그녀는 남는 게 좋겠지. 여기 있는 누구보다 강하니까."

의아함을 감추지 못한 건 동칠만이 아니었다. 이브릴과 페라쿠스도 같은 반응이었으므로.

다만 두 드래곤은 동칠과 달리 추측을 할 수 있었다.

'설마……'

말없이 돌아선 그때, 쉴루스는 만드라고라로부터 평상시 앳된 목소리가 아닌 성숙한 목소리를 들었다.

-고마워.

분명히 먼 과거에 들었던 만드라고라 여왕의 음성이었다.

'각성한 건가?'

하지만 움찔하여 돌아본 자리에는 여전히 성장이 멈춘 어린 만드라고라가 있을 뿐이었다.

그에 쉴루스는 기분 탓이라고 생각했다.

'그녀가 각성한다면 승산이 있겠지.'

두 에인션트 드래곤의 힘, 그리고 만드라고라 여왕이라면 말이다.

페라쿠스를 현신까지 하게 했을 정도의 동칠의 힘은 제쳐두고라도……

✳ ✳ ✳

불행은 예고 없이 찾아들었다.

꾸둥!

산허리가 통째로 흔들리는 것만 같았다. 뒤이어 산 아래가 소란스러워졌다.

쉴루스는 와룡반점에 남은 넷을 데리고 아래가 잘 보이는 언덕에 위치를 잡았다.

그리고 동칠이 당장 달려가려는 것을 늦지 않게 제지시켰다.

"가봐야 서로 손해일세. 일단은 적을 알아야 할 게 아닌가. 우린 때를 노리지."

사람보다 무려 15배는 커 보이는 괴생명체. 그것이 쉴루스가 입이 닳도록 얘기한 마왕 바이돈크라우스인 듯싶었다.

상점가는 폐허가 되어 있었다.

미리 대피를 시켰기에 망정이지, 그렇지 않았다면 무수한 인명이 죽어나갔을 것이다.

각 길드들도 모두 철수시켰다.

의리를 생명처럼 여기는 베론을 의식해 동칠 자신도 먼 곳으로 피신해 있을 거라는 거짓말을 보탰기에 가능한 일이었다.

동칠은 치열한 전투를 벌이는 제국군에게 별다른 감정은 없었다.

단, 2명은 아쉬웠다. 롯테, 그리고 슐터…….

팔은 안으로 굽는다고, 항상 황실부터 생각하는 그들에게 서운함은 있었지만 말이다.

동칠이 조마조마한 심정을 거두지 못하는 가운데 제국군과 마왕 바이돈크라우스의 격전이 펼쳐지는 중이었다.

바이돈크라우스는 허리가 잠기는 늪에 빠져 있었다. 놈의 이동로를 예측하고 제국군이 그 일대를 침식시켜 놓은 것이다.

제국과 워낙 먼 거리여서 공성 병기들을 공수해올 수 없었고, 많은 이들이 그 점을 안타깝게 여겼다.

마왕이 늪에 잠겨 있는 때를 틈타 수십 방향에서 불화살과 공격 마법이 날아들었다.

끊이지 않고 대지가 신음하는 까닭은 바로 이 때문이었다.

쿠왕! 펑! 퍼퍼펑!

원거리 타격은 가장 효율적인 공격 방법이었다.

그러나 불화살도 공격 마법도 그의 강철보다 튼튼한 피부를 뚫을 수는 없었다.

바이돈크라우스는 간지럽지도 않은 공격에 화가 나는 게 아니라 자신의 육신을 흙탕물로 끊임없이 더럽히는 데 열이 받았다.

[성가시구나.]

그가 하늘로 향하게 한 손바닥을 올리자 일대에 지축을 뒤흔드는 거대한 폭발이 일었다.

콰콰쾅!

더 이상은 궁병수들을 지휘하던 궁수대장의 음성도, 쉴 새 없이 마법을 영창하던 목소리들도 없었다.

수백 명이 잿더미로 변해버렸다.

멀리서 그 광경을 보던 제국군의 낯빛은 하나같이 사색이 되었다.

그보다 더 멀리 떨어진 장소에서 삼식은 길길이 날뛰었다. 이반이 필사적으로 말리고 있었기 때문이다.

"이 손 좀 놓으라고! 내가 가서 끝장을 본다니까."

삼식은 자신감에 차 있었다.

바트리어스의 예언은 그에게 '마왕은 결국 내 밥'이라는 인식을 심어주었던 것이다.

"아서라. 황제께서는 생각이 없으셔서 출두를 안 하시는 줄 아느냐? 다 이유가 있어서 그런 거다."

손가락 하나를 움직여도 에너지는 소모되기 마련. 제국군의 희생은 마왕의 힘을 빼놓을 터였다.

늪은 증발되어버렸지만 아직 바이돈크라우스는 구덩이 안이다.

"투창!"

신호가 떨어지자 경장 갑주를 착용한 창병들이 빠르게 달려들어 구덩이 안으로 묵직한 창을 내던졌다.

순간, 바이돈크라우스의 눈에서 푸르스름한 광채가 일었다.

그러자 구덩이를 향하던 창들이 돌연 방향을 선회, 자신들을 던진 주인의 품으로 파고들었다.

푸확!

"헉!"

퍼억!

"끅."

저마다 단발마를 외치며 쓰러지는 창병들.

바이돈크라우스는 아까의 폭발로 원만해진 경사를 따라 평지로 올라섰다. 어차피 올라서는 것은 막지 못한다.

그러나 올라선 그에게는 대기하고 있던 기마병들이 달라붙었다.

기마병들은 2인 1조가 되어 긴 쇠사슬을 들고 바이돈크라우스의 발목을 칭칭 휘감기 시작했다. 쇠밧줄의 두께는 상당했고, 무려 70이 넘는 기마병들이 투입된 만큼 방대한 양의 쇠사슬이 바이돈크라우스의 발목에 걸렸다.

 과연 내로라하는 제국의 기마병들이었다.

 기마병들의 경로에 따라 왼쪽 다리에 감긴 쇠사슬은 오른쪽에도 걸렸으니 움직임은 봉인될 것이다.

 그때, 무얼 하는가 싶어 멍하니 인간들을 보고만 있던 바이돈크라우스가 행동을 취했다.

 [거치적거린다.]

 손가락 끝에서 발출되는 죽음의 기운이 갑주 사이로 파고들며 전마는 물론 기마병들마저 썩은 몰골로 만들어버렸다.

 죽은 지 한 달은 되어 보이는 시체들!

 놀랍게도 단 한 번의 움직임이었다.

 죽음의 기운은 첫 번째 대상을 타고 두 번째 대상에게로, 또 세 번째 대상에게로 순차적으로 파고들며 움직임 봉인에 투입된 기마병들 전부를 주검으로 만들어버린 것이다.

 상황이 이렇다 보니 일리얀에게서 탄식이 터져 나왔다.

 "예상은 했지만 이 정도일 줄이야."

 쇠사슬도 궁여지책이었다. 바이돈크라우스가 오른발을 내디디자 우두둑 끊어져 나갔기 때문이다.

 "이래서야 병력을 소모한다고 해도 실효가 있을지나 의문이로군."

"그래도 아직 구 할이 넘는 병력이 남아 있지 않습니까."

일리얀의 걱정에 슐터가 대답했다.

그 9할의 병력이 듣는다면 무척이나 서운해할 얘기였지만, 제국의 몰락과 더 나아가서는 인류의 멸족과 직결된 일이니만큼 일리얀들에게는 그럴 만한 권한이 있었다.

그렇게 수뇌부가 손을 놓고 기다리고 있는 상황에서 발 빠른 기사들이 투입되었다.

두 번째 죽음의 기운이 바이돈크라우스의 손가락 끝에서 발출되었지만, 선두로 달려드는 기사는 그걸 간파하고 옆으로 뛰었다.

자신의 공격을 피했다는 것에 대한 놀람일까? 바이돈크라우스는 대견해하는 눈치였다.

그들의 움직임은 매우 신속했고, 모든 반응이 범인을 넘어섰으니 가히 제국의 기사들이라 할 만했다.

그도 그럴 것이 이 기사들 전부는 소드익스퍼트의 경지에 올라 있었다.

바이돈크라우스가 쾌속으로 뛰어다니는 기사들에게 눈이 팔려 있을 무렵 첫 번째 금속성이 들렸다.

카캉.

'검이 박히질 않는다.'

그냥 휘두른 것도 아니고 속에 마나의 기운을 불어넣은 검이다. 한층 날카로워졌을 텐데도 놈의 육신은 무엇으로 만들어진 건지 두 번째 시도도 통하지 않았다.

깡!

그를 시작으로 사방에서 검과 바이돈크라우스의 육신이 맞부딪쳤다.

모두의 공격이 실패한 것은 아니었다. 일부의 검은 얕게나마 바이돈크라우스의 살갗을 찢었으므로.

기사들은 높게 뛰어올라 서로의 어깨를 밟고 뛰는 형식으로 바이돈크라우스의 허벅지, 배, 가슴에 이어 어깨 높이까지 올라갔다.

가장 높이 오른 기사가 바이돈크라우스의 귓구멍을 쳐다보고 뛰려던 순간이었다.

파직.

그저 시선이 마주친 것뿐이었다.

그러나 그의 어깨에서 더 높게 도약하려던 기사는 균형을 잃고 땅바닥으로 추락하기 시작했다.

몸을 놀려 착지해야 한다는 것을 알지만, 굳어버려서 손가락 하나도 움직일 수가 없었다.

'안 돼!'

퍼석!

그 속도 그대로 땅과 부딪히며 차마 비명도 못 지르고 머리가 깨져 버린 기사.

바이돈크라우스의 몸을 타고 오른 기사들은 한 번 쳐다본 것으로 죽은 동료의 명복을 빌어줬을 뿐, 비장함을 더했다.

한편, 바이돈크라우스는 날뛰는 기사들이 성가셨다.

[재롱 잔치라도 벌이려는 거냐?]

손으로 쳐내고 다리로 걷어차도 기사들은 착지를 거듭하며 다시금 거머리처럼 달라붙었고, 그 결과 점차 생채기가 늘어났다.

바이돈크라우스는 기사들을 죽여 없애려던 생각을 고쳤다.

[제법 쓸 만한 녀석들이로군. 좋아.]

이윽고 그 육신에서 암흑의 기운이 스멀스멀 피어올랐다.

더러는 낌새를 느끼고는 다급히 숨을 참았지만, 반응이 늦어버린 기사들은 암흑의 기운이 호흡기를 통해 침투하는 것을 막지 못했다.

그것은 불행한 일이었다.

인간과 맞지 않는 그 이질적인 기운은 체내에, 그리고 신체에 변화를 일으켰다.

푸확. 콱. 부두둑.

살을 비집고 나온 뼈, 팽창하는 근육, 커지는 신장. 더불어 온몸이 칠흑의 갑옷을 두른 듯 변해간다.

그들은 원치 않게 데스 나이트로 탈바꿈된 것이다.

더 이상 들러붙어 있는 것은 바보짓이었다.

기사들은 바이돈크라우스의 몸을 박차고 놈에게서 이탈을 시작했다.

그리고 떨어져 나와 안도하며 곧장 숨을 쉬던 기사였다.

"후, 징그러운 놈 같으니……."

푸확.

"우아아아!"

경솔함이었다.

몸 주변으로 아직 암흑의 기운이 걷혀진 게 아니었다. 그 또한 데스 나이트로 변해가고 있었다.

"미안하다, 산체스."

목소리가 들린 바로 직후, 뒤의 동료가 서슬 퍼런 검으로 산체스의 목을 쳐냈다.

머리가 떨어지고 몸통이 쓰러졌으나, 지독하게도 머리와 몸통은 계속 데스 나이트로 변해갔다.

단, 숨을 거둔 육신은 변하기만 했을 뿐 차마 일어서진 못했다.

벌써 변해버린 데스 나이트만 30여 명.

이제는 마왕이 아니라 데스 나이트를 상대해야 함을 기사들은 직감하고 있었다.

애초 바이돈크라우스의 계획도 그러했다.

마나 검은 피처럼 붉은 혈검으로 변한 상태.

데스 나이트들은 그 혈검을 들고 육중한 땅울림을 내며 달려왔다.

쿵쿵쿵쿵!

무려 1.5배는 커진 크기다.

그보다 조금 전까지 동료였던 자들에게 검을 들이대야 한다는 사실이 온정신을 유지하고 있던 기사들에게는 비극이었다.

암흑의 기운을 빨아들여 탄생된 데스 나이트들의 힘은 기사들을 상회했다.

검 한 번 맞대는 것만으로 뒤로 죽 밀려 났고, 힘을 못 이겨 허공으로 튕겨 나가는 자들도 있어 둘 혹은 셋씩 한 명의 데스 나이트를 상대해야 했다.

만약 저 작전에 소드마스터를 투입했더라면? 상황은 훨씬 악화되었을지 모른다.

물론 소드마스터의 정신이란 일반 기사들과는 비교할 수 없는 것이기는 했으나 상황에 닥쳐 보지 않는 이상은 모르는 일이었으니 말이다.

보다 악화된 상황에 제국군이 당혹해하고 있을 동안, 여유를 찾은 바이돈크라우스는 주변을 오시하며 둘러보았다.

무슨 작전을 펼치려는지 군대들은 무리를 이뤄 모여 있었는데, 바이돈크라우스는 그 모두를 싸잡아 비웃었다.

[이 몸의 권능에 도전할 방법은 그것뿐이었나? 힘에 부친다는 것을 알았으면 너희는 모두 엎드려 빌었어야 했다.]

결과적으로 황제의 결정을 나무란 것이다.

하지만 제국군의 태반은 황제의 결정을 원망하지 않았으며, 오테라스도 자신의 결정을 후회하지 않는다는 듯 마왕의 측면과 상당히 떨어진 거리에서 냉소를 머금었다.

"오늘이 네 제삿날이니라."

특히나 일선에 선 지휘관들은 죽음을 목전에 두면서도 가슴속에 깨지지 않을 다짐을 새겼다.

'죽음을 두려워하는 건 장수 된 도리가 아니니……'

언뜻 마왕이 수세에 몰린 것으로 착각하는 이들도 있었다.

"소드마스터나 대마법사가 등장하면 얘기가 달라질 수도 있겠구려."

푸룬델이라는 책사였다.

오늘의 작전은 대부분 책사들이 머리를 쥐어짜내어 만든 것들이었다. 물론 막상 전투가 벌어졌을 때 이들은 뒷짐을 지는 신세로 전락해버렸지만.

그의 의견에 여성 책사인 아라엘이 넌지시 고개를 저었다.

"단편만 보고 너무 낙관적으로 판단하시는 것은 아닌지요?"

그러자 푸룬델은 자신의 의견을 개진했다.

"왜 그렇지 않소. 마왕의 거죽이 강철보다 튼튼하다고는 하나, 일부 기사들의 검에는 찢겨 나갔소. 만약 그것이 오러 블레이드였다고 생각해보오. 놈의 거죽뿐 아니라 근육까지 찢겨 나갔을 거요."
 아라엘은 더 따지고픈 생각이 없었다. 그녀의 바람도 같긴 했으므로.
 "저도 승산이 있는 싸움이라면 좋겠군요."
 바람은 모두 한결같을 터였다.
 적어도 이 승패가 인류의 존망이라 믿고 있는 이들에게는······.

 기사들이 몸을 빼낼 구석이 없자, 만일을 대비하던 철갑기마병이 투입되었다.
 그들의 타깃은 마왕이 아닌 데스 나이트들이었다.
 쾅!
 메이스가 데스 나이트의 가슴팍을 후려쳤다.
 전마가 달리는 속도 그대로 휘둘러서인지 데스 나이트의 상체가 휘청거렸다.
 때를 놓치지 않고 마나가 한껏 담긴 검이 데스 나이트의 유독 얇은 허리를 갈랐다.
 써걱.
 흡사 쇠가 잘린 소리가 들린다.
 양분된 몸통이 바닥으로 떨어지며 한 구의 데스 나이트가 절명했다.
 데스 나이트들의 수가 하나둘 줄어가고 있는데도 바이돈

크라우스는 서둘러 손을 쓰지 않고 중얼거리기만 했다.

[인간들이란 위기가 닥치면 그걸 넘도록 발전한다는 것을 보여 주고 싶은 것인가? 하나, 상대가 틀렸다. 닿지 않는 것도 있는 법.]

눈앞의 전투에만 신경이 팔린 나머지 기사들은 그 경고를 듣지 못했다.

바이돈크라우스는 한쪽 무릎을 굽히고 지면에 반대편 손바닥을 대었다.

[더 들어올 수 있는 자들만 들어와라.]

경고는 9천에 육박하는 병력 모두가 들을 수 있는 것이었다.

모두 눈을 의심하는 사이 철갑 기마병들과 기사들, 그리고 데스 나이트들이 보랏빛 안개에 먹혀들었다.

그러자 사람과 가축의 피골은 물론 그 안의 장기, 그리고 쇳덩이마저도 부식되어 녹아내렸다.

바이돈크라우스는 사람의 목숨이 얼마나 하잘것없는지를 여실히 보여 준 것이다.

데스 나이트들도 그에서 자유로울 수 없었다.

그 탄탄하던 육체에 이상이 생겼는지 비틀거리다 하나둘씩 쓰러졌다.

애초부터 바이돈크라우스는 데스 나이트들을 장난감 정도로 여겼을 뿐 자신의 수족으로 삼을 생각이 없었다.

그는 또한 9천 명에 달하는 병력보다 자신의 힘이 빠지길 기다리고 있을 녀석들이 얄미웠다.

자신의 힘 앞에 인간들이 주눅 들길 바란 것인데, 되지도 않을 싸움을 계속 걸고 있으니 짜증이 솟구치는 것이다.

그런 바이돈크라우스의 의중은 황제 오테라스에게 고스란히 전달되었고, 손가락으로 볼을 긁적이던 오테라스는 황실 근위대장을 불러냈다.

한편, 지근거리에 있음에도 오가는 얘기들이 삼식의 귀에는 들어오지 않았다.

사람이 아무렇지도 않게 죽어나가는 광경에 아까와는 달리 그 역시 상당히 움츠러들어 있었다.

이계에 와 이런저런 광경을 목격했다고는 하나 오늘은 특히 심했다. 저렇게 처참하게 변하기는 싫었다.

보는 시선들만 없었어도 여러 번 발걸음을 돌렸을지 몰랐다.

적어도 자신이 제일 오래 살아야 하지 않겠는가!

그러나 갈등이 생길 때마다 이반의 달콤한 속삭임이 떠올랐다.

'영웅이 되면 세상 모든 여자들이 너만 쳐다볼 것이다.'

여기도 여자가 많았다.

늘씬한 몸매에 곱상한 얼굴. 전투를 준비하는 대부분의 여인네들이 그러했다.

삼식도 남자인지라 여자들 앞에서는 더 대단해 보이고 싶었다.

"오오, 오싹한데……."

그중 삼식이 가장 마음에 두고 있는 여인이 있었으니, 황실 근위대 소속의 소드마스터였다.

막 그녀가 출병을 할 참이었다.

"잠깐!"

갑자기 덥석 어깨에 손을 올려 제지시키는 삼식!

그녀를 비롯한 근위대의 시선들이 그에게 쏠렸다. 이때다 싶어 삼식은 제법 멋진 말을 내뱉었다.

"아름다운 여인을 전쟁터로 내몰 순 없지. 내가 상대하지."

그러면서 그는 여인이 홍조를 띨 것으로 예상했으나, 그녀는 통 모르겠다는 표정을 지었다.

비록 여성의 신체적 능력이 남자에 비해 다소 떨어진다고는 하나 그녀는 그 차이조차 이겨 내고 소드마스터에 오른 몇 안 되는 여성이었다.

그런 자신을 걱정해주는 소리라니!

그녀의 속내도 모른 체 삼식은 오해를 했다. 그녀가 정말 자신을 대신해 나가줄 것인지를 믿지 못하는 것으로 봐버린 것이다.

  그에 검지를 기울이며 정색을 하고 말했다. 이럴 땐 왠지 정색을 하면 더 멋져 보일 것 같아서였다.

  "난 빈말은 하지 않아."

  마왕을 쓰러뜨리고 그녀를 품에 안으리라.

  들뜬 마음은 내면 깊숙이 자리한 공포심마저 걷어버렸다.

이반은 경각심을 곤추세웠다.

이대로 삼식이 나간다면 뻔할 뻔 자. 활약도 못해보고 죽게 될 가능성이 농후하다.

그에 삼식의 뒤로 이동한 그는 일리얀에게 귀엣말을 건넸다.

"부탁드립니다."

일리얀이 두어 번 고개를 끄덕이더니 황금색 지팡이를 붙들고 삼식의 뒤로 다가갔다.

그리고 깍지 낀 손을 하늘 높이 뻗고 허리를 좌우로 흔드는 순간, 삼식은 꿈결처럼 포근한 기분이 느껴졌다.

"응?"

눈꺼풀이 감긴다. 뜨고 또 떴지만 자꾸만 감겼다. 마나를 운용해보려 생각은 해보았지만, 굉장히 귀찮았다. 마치 자기 전 숙제를 해야 한다는 기분처럼 말이다.

결국 삼식은 일리얀의 슬립 마법에 당해 잠들고 말았다.

이반은 고개까지 숙여 가며 고마움을 표했다.

"정말 감사합니다."

"별말씀을……."

당해도 너무 쉽게 당하니 일리얀은 오히려 얼떨떨했다.

오죽했으면 그는 이 삼식이 저번에 암흑 골렘을 상대로 날고뛰던 그 삼식이 맞나 싶었다.

결국 여인은 삼식의 야무진 꿈을 뒤로한 채 바이돈크라우스를 상대하기 위해 나섰다.

황실 근위대를 포함한 소드마스터의 총원은 12명. 이 작전에 함께 동원된 대마법사의 수와 같은 숫자다.

대마법사들은 소드마스터들의 비호 아래 바이돈크라우스에게 다가갈 수 있었다.

소드마스터들이 바이돈크라우스를 붙잡아두는 동안, 대마법사들은 각기 다른 색의 상급 마나석과 상급 정령석을 뿌리고 마법 주문을 영창하기 시작했다.

홀드 오브 갓. 신이라도 붙잡아둔다는 마법이었다.

물론 주문의 명칭은 이 마법을 창안한 대마법사들에 의해 붙여진 이름일 뿐, 신까지 잡아둘 수 있다는 보장은 없었다.

이 일에 동원된 대마법사들은 궁정 수석 마법사 일리얀을 포함한 인원이었으며, 그 자리엔 당연히 슐터도 있었다.

 또한 이들 모두가 제국의 신하는 아니었다. 수많은 마법사들이 몸담고 있는 마법사의 탑에서 3명, 그리고 흑마법사의 교단에서 1명의 원조를 받은 것이다.

 명실공히 최고라 자부하는 이들이니만큼 마법에 있어서는 타의 추종을 불허했다.

 주문은 순식간에 이루어졌으며, 곧 결과가 나타나기 시작했다.

 각 대마법사들의 발치에서 원이 그려지더니 각기 다른 형태의 육망성이 새겨졌다.

 형형색색으로 빛나기 시작하던 육망성들은 생명이라도 깃든 양 선을 뻗어나갔으며, 그 선은 바이돈크라우스를 중심으로 하나의 원을 형성했다.

 원에서 뻗어나가던 선들은 다시 거대한 육망성을 탄생시켰고, 곧 그곳에선 하늘을 향해 눈이 아릴 정도의 밝은 빛이 뿜어졌다.

 [크아악!]

 뻗어나가는 빛이 떠가던 구름에 닿았다.

 머리를 감싸고 괴로워하는 바이돈크라우스에게 소드마스터들이 때를 놓치지 않고 맹공을 퍼부었다.

 살이 찢어지고 터진 둑처럼 피가 쏟아졌다.

전신이 상처로, 그리고 바이돈크라우스 자신의 피로 범벅이 되고 있다.

하체가 무릎을 꿇을 듯 숙여지다가 불현듯 바이돈크라우스의 안구에 기광이 스쳤다.

그러자 전신에서 암흑 투기가 발산되며 소드마스터들은 원치 않게 그의 몸에서 떨어져 나갔다.

[하아아······.]

주위에 떠도는 보랏빛의 안개는 체내에 흡수되는 것이어서 마나 벽으로 차단이 가능했지만, 지금의 투기는 그 성질이 달랐다. 원치 않는 것들을 밀쳐 내고 바이돈크라우스 자신의 능력을 극대화시키는 것이다.

불쾌했어야 정상이거늘, 그는 고통이 즐겁기라도 한 듯 중얼거렸다.

[인간들이 이 정도라니······. 재미있는 놈들이구나. 그건 그렇고 이 마법진은 수상한걸. 마계의 조력자라도 얻었나?]

말소리는 누구나 들을 수 있는 것이었으나, 모두 입을 굳게 닫고 있었다.

그러자 바이돈크라우스는 12명의 대마법사들을 차근차근 뜯어보았다. 모두가 같은 복장을 하고 있었지만, 곧 성질을 달리하는 한 명을 찾아낼 수 있었다.

[그렇군. 저 녀석이었어.]

꺼림칙한 음성이 내뱉어진 직후였다.

언뜻 눈을 마주친 것뿐인데, 세뇌라도 당한 것인지 흑마법사 교단에서 파견 나온 대마법사의 체내의 피가 비정상적으로 높은 온도로 끓기 시작했다.

"꿀럭."

피는 한 움큼이나 아랫입술을 타고 흘렀는데, 그 피에 젖은 로브에서 김까지 날 정도이니 살갗은 말할 것도 없었다.

견딜 수 없는 고통에 그의 눈알이 뒤집힌 순간이었다.

푸확!

체내에서 미친 듯이 뛰던 피가 복부를 뚫고 나왔다.

그대로 뒤로 넘어간 대마법사의 몸에서 나온 선혈은 기포까지 생성하고 있었다.

때론 1명의 대마법사가 1천 명의 전투력과 맞먹는다. 아니, 이런 전투라면 그 이상이 될 것이다.

그런 대마법사의 손실은 제국군에게 큰 출혈이었으나, 다행이랄 건 마법진이 아직 제 역할을 하고 있다는 점이었다.

인간들의 기대를 저버리지 않겠다는 양 바이돈크라우스는 말했다.

[좋아. 이 제약 안에서 싸우도록 하지.]

말인즉슨, 나갈 수 있는데도 그러지 않겠다는 얘기다.

어떻게 발현시킨 마법진인데 그리 쉽게 여길 수 있다는 말인가!

하지만 그가 결코 허풍을 떠는 것 같지 않았기에 대마법사들의 안색은 파리해져만 갔다.

남은 9천 여 병력이라고 사정이 여의치는 않았다. 무수한 스켈레톤들이 떼를 지어 이곳으로 나타났기 때문이다.

사람들의 눈에는 들어오지 않을 그 중심에 단지를 든 동준이 있었다.

동준 자신의 의지가 아니었다. 그는 세뇌되어 이용당하고 있을 뿐이므로.

그렇게 알타 산을 중심으로 대단위의 전투가 벌어지는 중이었다.

❋　❋　❋

데몬이 카롤레나를 만난 건 우연이었다.

그녀의 부친이 되는 뤼테 공작은 각지에 흩어져 있던 10만의 대군을 이끌고 남하하는 중이었다.

한데, 바이돈크라우스가 향한 곳이 알타 산이라는 이야기를 들은 카롤레나는 부득불 우겨 중장 갑주를 착용하고 이 여정에 동참한 것이다.

처음에는 서로 일면식만 있는 정도로 인사만 했다. 그러나 뤼테 공작이 입을 닫고 있으매 카롤레나는 점점 대담해져 과거사를 나눴고, 망토가 바람에 펄럭이는 순간을 놓치지 않고 데몬의 볼에 입을 맞췄다. 그녀 딴에는 목숨이 끝나기 전 자신의 사랑을 내보인 것이었다.

"사랑해요, 데몬."

귓불을 간질이는 음성과 단 한 번의 뽀뽀가 데몬의 볼을 후끈 달아오르게 만들었다. 또한 굉장한 기쁨과 설렘, 그리고 불안함이 한데 뒤엉켜 말로는 형언 못할 기분이 되어 있었다.

그 광경은 가르데일만이 보았다.

'너무하는군. 쩝.'

두 사람을 비꼬고 싶은 심정이 굴뚝같았으나, 괜히 긁어 부스럼을 만들 건 없었다. 혹여나 이 사실이 앞서가는 뤼테 공작의 귀에 들어갈까 조마조마했던 것이다.

하지만 뤼테 공작은 분위기도 눈치 못 챌 만큼 아둔하지 않았으며, 알려진 것과는 다르게 딸에 대해서는 굉장히 관대한 아버지여서 데몬이 흑마법사 교단의 흑마법사라는 사실을 알고서도 두 사람을 나무라지 않았다.

당연히 거기에는 인류의 존망이 닥쳤다는 작금의 상황이 맞물린 탓도 있었다.

'세상이 멸망하지만 않는다면 너희 둘이 사귀어서 안 될 것이 무어더냐?'

인간의 멸족은 세상의 멸망과 다를 바 없다. 어디까지나 그가 인간 된 관점에서 보았으니 그러했다.

※ ※ ※

"가지."

삼식의 몸을 빌린 이반에게 오테라스가 말했다.

더 두고 볼 수는 없는 처지가 되어버렸다. 2명의 소드마스터가 주검으로 변했고, 3명의 대마법사가 차가운 바닥에 몸을 뉘였다.

마법진이 안정을 되찾은 뒤에서 대마법사들은 본격적인 공격을 퍼부어댔다.

외관상 볼 때 바이돈크라우스도 상당한 충격을 입었으나, 어찌 된 일인지 그의 움직임에는 한 치의 흐트러짐도 없었다.

질기게도 들러붙는 소드마스터들과 대마법사들의 공격 마법에 바이돈크라우스는 두 손바닥으로 지면을 강하게 내리쳤다.

쿠둥. 쩌저저저적!

그에 대마법사들과 소드마스터들이 공중으로 부유한 것은 둘째 치고, 내려설 땅이 수십 갈래로 갈라지고 있었다.

대마법사들과 소드마스터들이 아연해하고 있는 사이, 바이돈크라우스는 마기로 변형시킨 마나들을 전신으로 빨아들였다.

이윽고 찢어지고 갈라진 상처들이 저절로 아물어들었다.

[마기가 부족한 땅이어서 그런지 상처 수복에 시간이 오래 걸리는군.]

'언젠가는 쓰러지겠지.' 라는 생각을 한 것은 오판이었다.

암담했다.

힘의 격차가 너무도 크다.

바이돈크라우스는 원상태로 돌아왔지만 이쪽은 그렇지 못했다. 오른팔이 잘린 소드마스터가 있는가 하면 왼쪽 어깨 부위에 뒤가 보일 정도로 커다란 구멍이 난 대마법사도 있었다.

무엇보다 약해진 육체에 마기가 침투할 것인지가 문제였다.

누구도 섣불리 나서지 못하는 사이, 오테라스의 말소리가 크게 터졌다.

"부상자는 내보내라!"

직후, 소드마스터들의 머리 위를 그의 그림자가 스쳐 갔다.

휘익. 콱!

흉흉한 오러를 담은 검이 그대로 바이돈크라우스의 흉부를 찔렀고, 바이돈크라우스의 눈이 커다래졌다.

[너는 누구냐?]

그에 반해 오테라스는 입가에 비웃음을 머금고 있었다.

"이 몸이 제국의 황제시니라."

푸확.

한 손으로 거칠게 뽑아낸 검. 바이돈크라우스의 피가 비산했다.

오테라스는 안면 가득 튀긴 피를 왼손으로 떨쳐 내며 말했다.

"더럽군."

그에게는 모든 것이 무의미했다.

기사들을 데스 나이트로 만들어버린 보랏빛 안개도, 닿으면 살이 녹을 마왕의 피도……. 그랜드마스터란 무위에 걸맞게 그의 신체를 구성하는 모든 것은 범인에 댈 바가 아니었기에.

무슨 자신감인지 바이돈크라우스는 그 자세 그대로 머물러 있었다.

등 뒤로 날아온 이반이 그 목을 갈랐음에도, 뼈가 보일 정도로 살이 찢겨 나가는 상황에서도 목을 숙이고 오테라스를 경멸하는 시선으로 쏘아볼 뿐이었다.

이내 거무죽죽한 입술이 열렸다.

[네놈 입에서 마모라크스의 냄새가 난다.]

느닷없이 바이돈크라우스가 일어서며 포효를 질렀다. 그 포효에 산이 떨었으며 대지가 울었다.

바이돈크라우스는 조금 전과는 사뭇 다른 무척 평온해진 얼굴을 하고 있었다.

[뜻하지 않은 수확이야. 짐꾼들을 제외하곤 다 모였군. 그놈들이야 대륙을 쓸면서 찾으면 될 테지. 이걸로 한 녀석만 남았다.]

한 녀석이란 산 위에 있을 동칠을 일컬음이다.

오테라스나 이반은 바이돈크라우스가 하는 말을 도통 알아들을 수 없었고, 알고자 하는 생각도 없었다.

"폐하, 저놈의 뼈는 오러 블레이드로도 자를 수 없습니다."

"투기 때문이겠지. 걷으면 될 거야. 그때면 자를 수 있겠지."

이해했다는 듯 이반이 고개를 숙였다.

그렇게 2명의 그랜드마스터가 합류함으로써 부상자들은 후방으로 빠졌다.

바이돈크라우스가 대마법사를 향해 팔을 뻗으려는 사이, 오테라스의 검으로부터 오러를 실체화한 수백의 섬광 줄기가 뻗어나갔다.

쿠와앙!

워낙 덩치가 큰 나머지 섬광 줄기들은 고스란히 바이돈크라우스의 몸에 격중되었다.

뿌연 안개가 걷힐 때, 바이돈크라우스가 훨훨 타오르는 불의 눈을 하고 오테라스를 돌아보았다.

[크큭, 그래. 네놈부터 해주지.]

✳ ✳ ✳

 동칠은 안절부절못하고 있었다. 싸우는 장면이 제국군에게 유리하게 흘러가는 것 같지 않아서였다.
"지금이라도 내려갈까?"
 벌써 열 번도 넘게 받은 질문에 쉴루스는 고개를 가로저었다.
"크게 봐. 저 사람들이 다가 아니잖나. 서둘러서 결과를 그르치고 싶진 않겠지?"
 그 결과라는 말이 인간들의 승리를 지칭하는 것임을 알고 있었기에 동칠은 고개를 푹 숙였다.
 이 시간에도 또 한 명의 대마법사가 바이돈크라우스의 발에 짓밟혀 버렸다. 이제 남은 인원이라고는 도합 아홉.
 그러나 쉴루스마저도 2명의 그랜드마스터는 높이 사고 있었다.
"검술이 저렇게까지 발전하다니……. 예상도 못했어."
 하지만 이해 못할 바는 아니었다.
 인간은 새처럼 날개도 없고 동물들처럼 빠르지도 않다. 누구보다 약한 존재였기에 신은 인간에게 지혜를 내렸다. 그 지혜가 군집 생활을 하며 더욱 발전하여 인간 자신들이 떵떵거리는 세상을 이룩할 수 있었던 것이다.
 한계를 뛰어넘고자 하는 것. 그것은 어쩌면 인류 공통의 욕심일지도 몰랐다.

 그러나 힘은 인간을 오만하게 만들었다. 힘 있는 자가 득세하고 없는 자들을 내리눌렀다. 서로 도와 이룩한 것인데, 저들은 과거를 돌아보지 않았다.

 물론 예외인 인간도 있었다. 대표적인 사람이 바로 곁에 있는 동칠이다.

 '대다수의 인간들이 만약 자네 같았다면, 나는 드래곤들에게 자네들과 친해져도 좋을 거라고 권했을 걸세.'

 복잡한 생각 속에서도 쉴루스는 발아래 벌어지는 전투에서 눈을 떼지 않고 있었다.

 이브릴과 페라쿠스를 투입할 때를 노리기 위해서…….

 상황은 미묘하게 변해갔다.

 몇 번이나 바이돈크라우스는 상처를 입었으나 결국 회복했다.

 마왕에게는 힘의 한계가 없는지 시간이 갈수록 오테라스 쪽은 불리해져 갔다.

 이반도 똥줄이 타들어가는 심정이었다.

 지원 병력이 줄어들자 바이돈크라우스는 맘 놓고 오테라스를 몰아붙였다.

 까강!

 거대한 주먹이 짓누르는 걸 막기 위해 오테라스는 급한 대로 오러 블레이드로 응수했고, 수세에 몰린 황제를 구하기 위해 이반이 바이돈크라우스의 측면에서 섬광 다발을 뿌렸다.

쿠콰콰쾅!

얼굴이 흉하게 벗겨진 바이돈크라우스가 반대편 팔을 휘둘러 곧장 날아오는 이반을 쳐냈다.

[성가시다!]

이반도 오러 블레이드로 응수했지만, 허공에 떠 있던 관계로 멀리 날아갔다.

제일 귀찮은 훼방꾼을 멀리 보내 여유가 생긴 바이돈크라우스는 강철 같은 이빨을 드러내며 이죽거렸다.

[네놈도 씹어 먹어줄까?]

마모라크스는 아끼던 애완동물이기도 했지만, 평소 곱게 보이지 않았던 인간들 소행이기에 더욱 화가 치민 것이다.

바이돈크라우스에 비하면 너무도 작은 체구인 오테라스가 그 힘을 막아내는 것도 기적이었다.

그러나 긴 전투에 오테라스의 강성했던 힘은 줄어들었다.

'이 힘으로는 안 된다 이건가? 크큭, 그래. 그랜드마스터 위에 뭐가 있지?'

황제 오테라스는 항상 인간들 위에 군림하며 원하는 모든 걸 취했다.

유년기부터 그는 자신이 원하는 것을 얻는 데 필요한 것은 힘이라는 걸 깨달았다. 때문에 남들보다 훨씬 많은 시간을 검술에 할애했고, 그 결과 그랜드마스터라는 최고의 경지에까지 오를 수 있었다.

갈망했던 끝없는 힘이 그랜드마스터라 여겼던 그였다.

그러나 오늘!

그것으로 해결되지 않는 대상을 만났다.

바이돈크라우스는 그가 어찌할 수 없는 벽이었다.

이 모든 게 자신의 욕심으로 인해 벌어진 일이었음에도 그는 과거를 돌이켜 볼 생각은 않았다. 단지 이 자리에서 더 큰 깨달음을 얻어 바이돈크라우스를 쓰러뜨리고만 싶었다.

검학엔 한순간에 느낄 수 있는 깨달음이 존재하지만, 그것이 필요할 때 매번 찾아오지는 않는다.

억지로라도 그 무언가를 찾겠다고 오테라스가 눈알을 이리저리 굴리고 있을 무렵, 바이돈크라우스의 주먹 돌기의 뼈가 수십 갈래로 쪼개져 늘어나며 그를 급습했다.

투화왁!

"커억!"

한 주먹의 피가 오테라스의 목구멍을 넘어 입으로 토해졌다.

"안 돼!"

이반이 소리치며 달려오고 있지만, 오테라스는 이미 전투력을 상실했다.

긴 세월 동안 그렇게 악착같이 끌어 모았던 마나들이 한순간에 산산이 흩어졌다.

모든 게 허망한 꿈으로 변하고 말았다.

"주… 죽여 버릴 테다……."

원한 서린 말이 오테라스의 입에서 내뱉어졌지만, 바이돈크라우스는 눈썹도 까딱치 않았다.

[그럴 재주가 되시나? 이건 어떨까?]

돌기의 뼈가 그 주먹 안으로 감쪽같이 사라진 뒤, 바이돈크라우스는 무력해진 오테라스를 한 손으로 움켜쥐었다.

그리고 흥분한 이반이 날아오는 것을 느낌만으로 반대편 팔을 휘둘러 쳐냈다.

퍽!

[네놈은 기다리려무나.]

훼방꾼이 사라지자 바이돈크라우스는 오테라스를 옥죄었다.

뿌드득. 뚜둑.

"끄아아악!"

온몸의 뼈가 바스러지고 있다. 생애 최악의 고통에 오테라스는 정신이 오락가락했다.

곧이어 바이돈크라우스는 말랑말랑해진 오테라스를 바닥으로 떨어뜨렸다.

전신이 피로 흠뻑 젖었고, 부러지고 으깨진 뼈들로 인해 살들은 기형적으로 부푼 상태다.

그럼에도 오테라스는 포악하게 소리쳤다.

"누가 날 도와라. 날 도우란 말이다!"

아직 기력이 다하지 않았으매, 바이돈크라우스는 그를 밟으려다 말고 기가 찬 생각을 떠올렸다.

[그래. 이대로 죽게 놔둘 수는 없지. 씹어 먹는 것도 괜찮긴 하겠다만 그럼 나도 마모라크스를 먹은 게 되잖아. 사무친 원한······. 그래, 저놈들이로군.]

바이돈크라우스의 시선이 향한 먼 곳에 마잔베르크 일행이 있었다. 그는 그들을 자신의 앞으로 강제 공간 이동시켰다.

그에 마잔베르크 일행은 너무 놀라 혼이 달아날 지경이었다. 오테라스를 목전에 두고서도 바이돈크라우스 때문에 섣불리 나설 수 없질 않았던가.

마잔베르크도, 그리고 오테라스에게 앙심을 품고 살아온 반란군의 소드마스터들도 이런 상황은 정말 원치 않는 것이었다.

바이돈크라우스는 괴기스런 웃음을 흘렸다.

[감사해라. 이 몸이 직접 복수할 기회를 주었으니. 그 녀석은 너희들 몫이다. 단, 최대한 잔인하게······.]

마잔베르크 일행은 더 생각할 게 없었다. 따르지 않으면 죽일 게 자명했으므로.

"크아아아······."

그리고 오테라스가 참혹한 몰골로 변해가는 것을 이반은 차마 제지할 수 없었다. 바이돈크라우스가 그를 맞았기 때문이다.

※ ※ ※

오테라스의 쥐어짜는 듯한 비명은 동칠들에게도 들려왔다.
예상했다는 듯 쉴루스가 중얼거렸다.
"결국 꺼졌군."
동칠이 바란 말이 아니었다. 그는 어서 내려가자는 말을 하기만을 바랐다.
그제야 쉴루스는 그 바람을 들어주었다.
"움직이지."

하늘에서 은빛 생명체가 떨어져 내렸다.
그것은 곧장 광활한 대지에 빛을 뿌리며 변화하기 시작했다.
후와왁.
시린 빛이 걷혀졌을 땐, 꼭 바이돈크라우스에 맞먹을 크기의 드래곤이 포효를 내지르고 있었다.
크오오오!

그렇다. 이브릴이었다.

하지만 이 자리에는 그를 아는 인간이 없었다.

조금 전까지만 해도 2명이 있기는 했다. 그러나 그 대상인 일리얀과 슐터도 숨을 거둬버렸다. 마법사들의 신체란 검사에 비해 무척이나 허약했기에 작은 고통에도 이겨 내지 못하고 죽어버린 것이다.

[너희가 저세상에 가면 한 번 더 손을 봐주려무나.]

등 뒤에서 벌어진 현상에 아직 고개를 돌리지 않은 채, 마잔베르크들에게 바이돈크라우스는 그렇게 중얼거렸다.

"무, 무슨······."

순간, 바이돈크라우스의 돌기에서 뻗어 나온 뼈들이 삽시간에 마잔베르크들의 육신에 파고들었다.

다른 이들은 몰라도 마잔베르크는 결코 이런 허망한 죽음을 바라지 않았다.

'써, 썩을··· 이제 내 천하를 눈앞에 두게 되었는데······.'

아무리 피를 멎게 하려 해봐도 소용없었다. 오테라스도 무력화시킨 무기이니만큼 마잔베르크들은 달리 저항도 못한 것이다.

우연인지 필연인지 그런 마잔베르크 앞에 두 발이 떨어져 내렸다.

이반이었다. 아니, 속으로는 이반이지만 겉으로는 삼식이었다.

마잔베르크는 지푸라기라도 잡자는 심정으로 삼식의 바짓가랑이를 붙들었다.

"사, 삼식아, 날 좀 살려 다오."

가만 보니 접때 마주쳤던 이다. 측은지심이 있기는 했으나 이반은 그를 도와줄 여유가 없었다.

"편하게 가시오."

그것이 해줄 수 있는 말의 전부였으나 마잔베르크는 눈물까지 보이며 더 질기게 매달렸다.

"과거를 다 뉘우친다. 삼식아, 그러지 말고 이 형 좀 살려다오."

삼식이라면 어떻게 했을까? 이반이 생각하기로 삼식은 잔정이 많은 녀석이다. 이렇게 눈물까지 보인다면 도우려 했을지도 모른다.

찌익.

결국 이반은 윗옷을 찢었다. 그리고 마잔베르크의 상처부위를 동여매줄 무렵이었다.

퍼엉.

이반, 아니 삼식의 몸이 마잔베르크의 몸과 함께 날아올랐다.

살아남은 대마법사 중 한 명이 기운을 짜내 발출한 마법을 바이돈크라우스가 쳐냄으로써 이쪽으로 날아온 것이다.

'아뿔싸!'

의도적이라 봐야 했다. 바이돈크라우스가 웃고 있었으니까.

이반은 마잔베르크의 찢기는 몸을 보면서 삼식의 몸도 크게 상했음을 알아챘다.

털썩.

수십 미터를 날아가 땅에 곤두박질친 몸. 이반은 더 삼식의 몸을 움직일 수 없음을 알고 있었다.

'삼식아, 미안하구나. 이 스승이 못난 죄다.'

양심상 적어도 삼식의 몸이라도 살려 두어야 한다.

그리하여 이브릴이 바이돈크라우스의 시선을 잡아두는 동안, 이반은 생채기가 없는 그나마 멀쩡한 한 팔로 바닥을 짚고 사투의 현장에서 벗어나기 시작했다.

플라잉 마법을 펼쳐 이브릴이 산 위에서 바로 뛰어내린 데 반해 그를 제외한 동칠들은 뛰어서 산을 내려오는 중이었다.

페라쿠스는 로드의 보호를 우선으로 삼았다. 마왕이 간계를 부려 로드를 해하지나 않을까 걱정이 되었던 것이다.

로드는 로드이지만 지금의 로드는 어린 헤츨링일 뿐. 페라쿠스에겐 그냥 짐이었다.

"아이고, 힘들다. 이놈아, 나 좀 업어라."

페라쿠스는 군소리 없이 쉴루스를 업고 뛰었다. 그럼에도 불구하고 동칠과 만드라고라는 뒤처졌다.

"빨리빨리 안 올래?"

쉴루스가 두툼한 앞발로 소릴 지른 페라쿠스의 뒤통수를 휘갈겼다.

"인석이! 어디에서 소릴 치는 게야? 귀청 떨어지는 줄 알았다."

"죄송합니다."

이런 불만 저런 불만이 가득한 페라쿠스였지만 차마 내색할 순 없었다.

바이돈크라우스는 이브릴의 등장에 많이 놀란 얼굴이었다. 그러나 초조해하는 기색은 표정 어디에도 없었다.

[마계의 구름을 소환해 산을 조금 지워보려 했는데, 왜 안 지워지나 했더니 드래곤이 있었어. 어쨌거나 꽤나 융숭한 대접을 받는군. 그래, 실버 드래곤께서는 어인 용무신지?]

비꼬는 말에 이브릴은 정색을 한 채 타박했다.

-더 이상 날뛰는 것을 봐줄 수 없어서.

바이돈크라우스의 입꼬리가 치켜 올라갔다.

[혼자서는 무리일 텐데?]

어차피 말로 상대가 가능할 놈이 아니었다.

이브릴은 날개를 펄럭이며 공중으로 솟구쳤다. 하나, 바이돈크라우스는 여전히 비꼬기만 했다.

[태초에 신께서 잘못하셨어. 바다에 사는 실버 드래곤이 무슨 날개가 필요하다고…….]

쉐엑!

이브릴의 비대한 덩치가 무섭게 날아들었다.

그러자 바이돈크라우스는 펄쩍 뛰어 그 공격을 피해냈는데, 움직임이 소드마스터 못지않았다.

실버 드래곤이라는 대상을 통해 살아남은 소드마스터들과 대마법사들은 그제야 여실히 깨달았다. 원래부터 자신들은 마왕의 상대가 되지 않았다는 것을.

"우린 퇴각한다."

황실 근위대장의 말에 그들은 무거운 어깨를 끌고 무대에서 물러났다. 이런 괴물들의 싸움에 끼어 있어 봐야 하나 득 될 게 없음을 알고 있었기 때문이다.

광풍이 휘몰아치고 마른하늘에 벼락이 떨어졌다. 땅이 갈라지고 거목들이 맥없이 꼬꾸라졌다.

천지가 요동친다는 말이 어울릴 법한 전투였다.

바이돈크라우스의 암흑 투기가 증폭됨으로써 그 몸 주변으로 검은 아지랑이가 피어올랐다.

마왕을 상대로 마법은 필요치 않다. 이브릴이 일찌감치 현신을 한 까닭이었다.

그리고 처음으로 이브릴의 공격이 먹혀들었다. 나는 속도 그대로 바이돈크라우스를 받아버린 것이다. 산마저 쪼갤 힘이었다.

 하나, 바이돈크라우스는 이브릴을 떠안은 채 쭉 밀려 나기만 했다.

 [이제 어쩔 거지?]

 이어진 비웃음에 이브릴이 그 큰 입을 쩍 벌렸다. 이윽고 아이스 브레스가 토해졌다.

 쩌저저저적!

 바이돈크라우스는 이브릴을 내던지며 황급히 측면으로 피했다.

 뒤편이 모두 얼어붙었다. 피하지 않았다면 자신도 꽁꽁 얼어버렸을 것.

 이브릴이 다시금 날개를 펴 날아오를 때, 바이돈크라우스는 펄쩍 뛰어 그의 뒷다리를 잡았다.

 그 높이가 무려 수백 미터.

 이브릴은 더 날아오르려고 했고, 바이돈크라우스는 끄집어 내리려 했다.

 그러나 거대한 날개가 가지는 힘이 더욱 컸다.

 순식간에 상공 수십 킬로미터를 날아간 이브릴은 몸을 뒤틀어 바이돈크라우스를 떨쳐 냈다.

 그러자 구름 아래로 자취를 감춘 바이돈크라우스.

 이브릴은 이마의 뿔을 앞세우고 날개를 수평으로 편 채 땅을 향해 날았다.

그에게 거대한 구덩이 안에 파묻힌 바이돈크라우스가 보였다.

이브릴의 뿔이 그대로 바이돈크라우스의 정중앙에 위치한 심장으로 파고들 순간이었다.

콰악!

바이돈크라우스가 번쩍 눈을 뜨고 이브릴의 뿔을 움켜쥐었고, 이브릴은 더 이상 나아갈 수 없었다.

뿔을 쥔 채 바이돈크라우스는 상체를 일으키며 이브릴의 오른쪽 날개를 억척같은 힘으로 붙들었다.

뿌드득.

날개가 뜯어지는 섬뜩한 소리!

고통을 참지 못한 이브릴이 포효를 내질렀다.

쿠워어어어!

드래곤의 비늘이란 잘 벼린 검과 같아서 발악하듯 몸을 비트는 이브릴을 던져 내며 바이돈크라우스는 구덩이를 빠져나왔다.

그 직후였다.

후와악!

공기마저 산화시키는 굉장한 불길에 바이돈크라우스는 깜짝 놀라 황급히 몸을 날렸다. 그리고 허공에 뜬 채 경각심을 억누르지 못했다.

'드래곤이 또 있다?'

바이돈크라우스가 땅으로 내려섰을 땐, 드래곤으로 현신한 페라쿠스의 등에 걸쳐져 구덩이를 빠져나온 이브릴이 있었다.

이브릴의 신음성을 듣고 쉴루스가 다급히 페라쿠스를 내려 보낸 것이다.

'실버 드래곤에 이은 레드 드래곤… 그것도 둘 다 에인션트급이라니.'

바이돈크라우스는 깨물었던 어금니를 벌려 단도직입적으로 물었다.

[한 가지만 묻지. 너희 드래곤에게 여기가 어떤 곳이지?]

페라쿠스가 크게 호흡을 들이켜더니 배에 힘을 주어 말했다.

-알 것 없다!

한데, 바이돈크라우스는 우습게도 그에 속고 말았다. 페라쿠스가 입을 크게 벌리는 것을 보고 재차 브레스를 뿜어낼 줄 알고 우측으로 몸을 날린 것이다.

[얼레?]

의도치 않게 생긴 허점에 이브릴이 블링크를 시전, 바이돈크라우스의 뒤편에서 나타나 아이스 브레스를 뿜었다.

콰자자자자작!

아이스 브레스의 반경에 들어온 모든 것이 얼었다. 초목도, 땅도, 그리고 바이돈크라우스도…….

페라쿠스가 좋다고 뛰어가 꽁꽁 얼어붙은 바이돈크라우스를 꼬리로 휘둘러 쳤다.

쿠좌좌좍!

바이돈크라우스는 멀리도 날아가 암벽 깊이 파묻혔다.

그러나 조각나 깨어질 줄 알았건만 깨어진 것은 바이돈크라우스를 덮고 있는 얼음뿐이었던 관계로 페라쿠스는 똥이라도 씹은 듯한 얼굴이 되었다.

-다 얼지 않았잖아. 뼈까지 얼렸어야지.

-안 되는 걸 어쩌라고. 이 멍청아!

곧 바이돈크라우스가 노기충천한 얼굴을 하고 일어섰다.

그 뒤로도 암흑 투기와 브레스들이 오갔으며, 주변은 점차 초토화되어갔다.

이 자리에 그토록 번화했던 상점가는 없었다. 모든 게 잿더미로 변해버렸을 뿐.

급한 김에 쉴루스를 앞질러 먼저 내려온 동칠은 꿈을 꾸는 것 같았다.

만드라고라가 뒤이어 당도해 주인의 기분을 살폈다.

불행한 일은 또 일어나고 있었다.

콰직!

바이돈크라우스의 주먹에서 인 검은빛의 소용돌이가 페라쿠스의 늑골을 손상시켰고, 그가 옆으로 꼬꾸라지는 걸 보면서 이브릴이 육탄 돌격을 해 바이돈크라우스를 박았다.

뻐어억! 쾅! 후두두두둑!

바이돈크라우스의 육신이 파묻힌 그곳에 바위들이 떨어져 내리며 그의 모습을 숨겨 버렸다.

그러나 그대로 끝나길 바란 건 욕심이었다.

그때, 다행히 페라쿠스가 정신을 차렸다.

그와 동시에 바위들을 걷어내며 바이돈크라우스가 일어섰다. 그도 상당한 충격을 입어 군데군데 뼈가 드러나 보일 정도였다.

[죽…….]

말을 멈추고 바이돈크라우스는 옆을 바라보았다. 그곳에 얼이 빠져 있는 동칠이 있었다.

[그래, 네놈이었어. 이제야 찾았군.]

땅을 꺼뜨리며 바이돈크라우스가 다가섰다. 그리고 동칠에게 마수를 뻗어갈 무렵이었다.

지근에 동칠이 있어 브레스도 쏠 수 없는 형편이라 두 드래곤은 그대로 달려와 육탄전을 벌였다.

선사시대의 공룡들이 이러했을까?

땅이 들썩거리는 바람에 동칠과 만드라고라는 서 있기도 힘들었다.

그러나 부상당한 이브릴과 페라쿠스는 바이돈크라우스의 적수가 되지 못했다. 우선 이브릴이 뒤편으로 나가떨어졌고, 다음으로 페라쿠스가 옆으로 튕겨졌다.

바이돈크라우스는 드래곤들을 끝장내지 않고 재차 동칠에게 팔을 뻗어 그 자그만 몸을 손으로 들어올렸다.

주인이 꼭 죽게 될 것만 같았는지 만드라고라가 괴성을 지르며 달려들었다. 그러나 빠르게 솟구치는 손을 따라갈 수는 없었다.

절망감 속에 만드라고라의 눈이 그렁그렁해졌다.

'싫은데. 주인이 죽는 건 싫은데······.'

높은 곳으로 올라서며 동칠은 여러 가지를 보았다.

몸이 터져 버린 일리얀의 주검, 새까맣게 타서는 꺾어진 목을 하고 동칠을 바라보는 슐터의 눈.

더불어 뒤통수가 삼식으로 추정되는 인물이 피를 잔뜩 뒤집어쓴 채 몸을 털고 일어서는 것까지······.

동칠은 더 이상 묵과할 수 없었다. 잘못되고 있는 모든 것을 바로잡아야 했다.

하지만 염력은 쉽게 표출이 되지 않고 있었다.

'도움을 받지 못한다면 내 손으로라도 해야 한다.'

동칠은 빠져나오려고 부단히도 버둥거렸으며, 두 팔에 안간힘을 썼다.

그중 바이돈크라우스는 동칠의 두 팔에 시선을 고정시켰다.

[네놈은 요······.]

채 말이 끝나기도 전이었다.

-그… 를… 놓… 아… 줘.

부자연스러운 음성이 들린 쪽으로 바이돈크라우스는 고개를 돌리지 않았다. 드래곤의 소리가 아니었기에 묵과해도 된다고 여겼던 것이다.

그리고 무시는 돌이킬 수 없는 결과를 불러왔다.

콰자자작.

땅 밑에서 솟아난 거대한 줄기들이 바이돈크라우스를 발 밑에서부터 휘감고 올라왔다. 줄기들은 생명이라도 깃든 양 바이돈크라우스의 손과 팔을 벌렸으며 목을 조였다.

놀란 눈에 대상이 들어오기도 전에 향긋하고 알싸한 풀 냄새가 풍겼다.

자그마한 입술과 시원하게 뻗은 코, 희고 말끔한 생김새에 가녀린 턱 선과 머리 주변으로 아리땁게 피어난 초록색 잎사귀……. 그 잎사귀 사이로는 작고 예쁜 색색의 꽃들이 활짝 피어 있었다.

큰 눈에 홍채는 없었지만, 그녀는 미간을 찌푸리며 바이돈크라우스를 꾸짖고 있었다.

-놓… 으… 라… 고… 했… 잖… 아.

그녀의 머리에서 솟아난 가느다란 줄기에 핀 커다란 잎사귀가 동칠을 떠받들어 조심스럽게 땅에 내려 두었다.

거기서 그치지 않고 잎사귀는 계속해서 동칠의 등을 떠밀었다. 여기는 위험하니 도망치라는 뜻이다.

따르고 말 것도 없었다.

동칠은 정말이지 정신이 하나도 없었다.

잎사귀가 밀면 그 자리에 서고, 밀면 또 그 자리에 서기만 반복했다.

만드라고라, 아니 이제는 각성해버린 만드라고라 여왕은 동칠을 위해 생각을 달리했다.

휘리릭… 쾅!

휘감은 줄기가 바이돈크라우스를 허공에 휘젓다가 땅으로 메다꽂았다.

이 대륙에 발을 디딘 후 그 어떤 충격보다도 큰 충격에 바이돈크라우스는 정신을 못 차렸다.

겨우 머리를 세차게 털고 일어서 안간힘으로 줄기를 벌렸지만, 그럴수록 줄기들은 더 강하게 옥죄어왔고 기어이 바이돈크라우스의 근육을 손상시켰다.

푸푹. 툭.

검은 피가 줄기를 타고 줄줄 흘러내린다.

그 끔찍한 고통에 바이돈크라우스는 괴성을 질러댔다.

[크아아아아…….]

날카로운 바위에 나뒹굴어가며 줄기에 상처를 입힌 뒤에야 바이돈크라우스는 줄기를 벗기며 피투성이가 된 채로나마 일어설 수 있었다.

[네, 네가 왜!]

그 또한 만드라고라 여왕의 정체를 알고 있었다. 하나, 왜 그녀가 이 싸움에 끼어든 것인지는 알지 못했다.

하나, 그녀는 동칠의 몸 상태만 살펴보고 있으니 마왕 자체를 무시하고 있음이었다.

바이돈크라우스의 화가 절정에 달했다.

[날 무시하는 것도 유분수지!]

쿵쾅거리며 달려오는 발소리를 들었는지 만드라고라 여왕이 팔을 휘저어 꽃씨를 뿌렸다. 그러자 크고 작은 하얀 꽃씨들이 세상을 온통 환하게 만들어주었다.

그러나 저런 것들에 겁먹을 바이돈크라우스가 아니었다. 덕분에 나풀나풀 날리던 꽃씨들은 사뿐히 정착했다.

흰색을 무엇보다 싫어하는 바이돈크라우스다. 하지만 바람에 날려 떨어질 것이란 생각은 있었다.

한데, 그 예상을 깨고 그의 육신에 붙은 꽃씨들은 피부를 뚫고 들어갔다.

[크헉!]

수 초 내에 꽃씨들은 줄기를 뻗으며 잎사귀를 그렸고, 꽃을 피웠다.

바이돈크라우스는 꽃들을 신경질적으로 내뜯었지만 자신의 살점까지 뜯겨졌다.

[끄으윽······.]

더 뜯는 것도 고역스러웠기에 놔두었을 뿐인데, 사태는 더욱 악화되어갔다. 피어난 꽃들이 바람에 흔들릴 때마다 살을 갉아버린 것이다.

점점 더 커지는 꽃들…….

부랴부랴 다시 뜯기 시작했으나 늦은 감이 있었다.

그저 가려울 뿐이라고 생각했던 목이 3분의 1이나 뜯겨 나갔고, 그런가 하면 허벅지에 무성하게 자라난 꽃들을 뜯어내자 살은 물론 뼈까지도 잘라져 다리 한쪽이 통째로 넘어갔다.

[왜? 왜 그놈을 지키는 거냐?]

절규하는 바이돈크라우스의 물음에 만드라고라 여왕은 무척이나 상냥한 눈길로 동칠을 내려다보며 미성으로 답했다.

-내… 주… 인… 이… 야.

그 순간, 바이돈크라우스는 결심했다.

이 상태로는 자신이 상대가 되지 않으니 저 멍청한 인간을 붙들어야겠다고…….

부족한 다리를 대신해 돌기에서 솟아난 뼈로 땅을 찍어가며 앞으로 나아갔다.

페라쿠스가 날아와 박았지만, 바이돈크라우스는 그 가슴에 주먹으로 지독한 통증을 안겨 준 뒤 다시금 나아갔다.

너무 주인에게 빠져 있던 탓이었다.

만드라고라 여왕이 돌아봤을 때, 바이돈크라우스는 거리를 좁힌 후였다.

줄기가 다시금 땅바닥에서 솟구쳤으나 서로만 엮고 말았다. 그것은 잔상이었던 것이다.

만드라고라가 이상한 낌새를 알아챈 뒤엔, 동칠은 바이돈크라우스의 손아귀에 잡힌 상태였다.

바이돈크라우스는 입을 벌려 동칠의 머리를 가져다댔다.

-하… 지… 마.

애절함은 바이돈크라우스의 냉혹한 가슴을 흔들지 못했다.

'이놈을 죽이는 건 후다. 나도 돌아가야 하니까.'

만드라고라 여왕이 살아 있으면 그 일에 장애가 될 거란 판단이었다.

급작스럽게 바이돈크라우스는 입에서 뺀 동칠을 멀리 던져 버렸다. 그리고 만드라고라 여왕이 부리나케 그 뒤를 쫓으려는 순간, 바이돈크라우스의 전신에서 무수한 뼈가 튀어나와 그녀를 꿰뚫었다.

-아…….

성난 줄기들이 바이돈크라우스의 몸으로 들러붙었으나, 아까에 비해 힘이 많이 쇠해진 상태였다.

바이돈크라우스는 있는 힘을 모두 쥐어짜내 그녀의 등에 손바닥을 대었다.

화아악!

불처럼 퍼진 마기가 만드라고라 여왕의 전신을 뒤흔들었다.

줄기들은 힘을 잃고 바닥으로 곤두박질쳤으며, 그것은 그들의 주인 되는 만드라고라 여왕도 마찬가지였다.

한편, 유유히 날아가던 동칠은 이반에 의해 구함을 받았다.

만신창이가 된 이반을 치료한 건 이브릴이었다.

손이 하나라도 부족한 상황이기는 했으나 대마법사나 소드마스터들보다는 그랜드마스터 한 명이 도움이 될 거라 판단했던 것이다.

그러나 엄밀히 따지면 이반은 동칠을 구한 게 아니었다.

눈만 감았다 뿐이지, 동칠은 만드라고라가 쓰러진 순간 염력을 일깨운 상태였으므로.

동칠의 전신에서 시린 금빛이 터져 나왔고, 이반은 그 빛을 등진 채 뒤도 돌아보지 않고 바이돈크라우스의 목을 향해 뛰었다.

바이돈크라우스는 너무 밝은 빛에 차마 앞을 볼 수 없었다. 작은 무엇이 보였을 때, 그의 목은 기울어 떨어지고 있었다.

※ ※ ※

바이돈크라우스가 쓰러진 직후, 그 많던 스켈레톤들은 지탱할 힘을 잃고 와르르 무너져 내렸다. 그 권속에 있던 대륙의 다른 마물들도 마찬가지였다.

그럼에도 제국의 군대는 자리를 떠나지 않았다. 처리해야 할 것이 산더미처럼 많았기 때문이다.

엄청난 사건이 터진 것에 드래곤들도 관심을 기울였고, 그 결과 만 하루가 가기도 전에 드래곤들이 내려섰다. 장로급들이었다.

"늦어서 죄송하옵니다, 로드."

"됐고, 그녀의 상처나 살펴봐."

그가 뜻하는 바를 어렵지 않게 알아들은 베아트리스라는 장로가 황급히 만드라고라 여왕의 상태를 가늠했다.

"이미 숨이 멈춘 데다 마기가 너무 깊게 퍼졌습니다. 회생은 불가능합니다."

쌓인 게 많아 이브릴은 동칠에게 벌컥 성질을 냈다.

"네가 정신을 똑바로 차렸다면 페라쿠스도 덜 다쳤어도 되었을 것이다. 대체 어쩌자고 정신을 놓고 있어서!"

입이 백 개라 해도 할 말이 없었다.

아무런 대답도 못하고 고개를 푹 숙인 채, 동칠은 주변에서 하나둘 돌을 들고 나르기 시작했다.

그 행동은 끝이 없었다.

이제는 삭아버린 만드라고라 여왕이었지만, 동칠은 그 둘레에다 그녀의 안식처를 만들어주고 싶었다.

울기도 수없이 울었다. 태어나서 이렇게 서럽고 슬픈 건 처음이었다.

돕겠다는 사람들이 줄을 이었지만 동칠은 한사코 마다했다. 오직 자신의 손이어야 하는 것이다.

떠났던 사람들도 하나둘씩 돌아왔다.

종업원들과 드워프들이다.

그리고 페라쿠스는 서서히 몸 상태를 되찾아갔는데, 치유 마법 말고도 재활 치료가 필요했다. 이에는 로드의 레어만

한 곳이 없었다.

한 달, 그리고 두 달… 백 일이 넘게 흘러도 동칠의 낯빛은 어두웠다.

'미안해, 정말. 나를 보고 있다면 욕해도 좋아.'

만드라고라의 말을 따라 그 자리를 벗어나기만 했다면 그녀는 죽지 않아도 되었을지 모른다.

그러나 그때는 정신이 하얗게 질려 있었다. 죽은 자들의 시선 때문이었다.

감지도 못한 슐터와 일리얀의 원망 서린 눈이 마치 자신을 향한 듯한 착각을 불러일으켰던 것이다.

정신만 추슬렀다면 되었을 것을……. 동칠은 못난 자신을 채찍질했다.

그녀의 빈자리는 너무 컸다.

영업은 하지도 않고 하루 종일 양파만 까 아직 덜 세워진 그녀의 무덤에 가져다준 적도 많았다.

동칠의 일과는 오직 양파, 아니면 돌 나르기였다.

흐느끼다 지쳐 잠이 든 동칠의 방문이 스르르 열렸다. 누군가 그의 위에 올라타 내리누르고 있었다.

"누… 누구……?"

소리도 못 지르고 동칠의 입은 보드라운 손에 의해 막혀 버렸다.

"읍."

얼굴은 얼마 전 떠난 샨과 같았다. 그러나 귀가 인간의 것이었다.

그녀가 쉴루스의 소개로 드래곤 장로를 찾아가 성형 시술을 받고 돌아왔다는 걸 알 리 없는 동칠은 계속 의문만 품었다.

곧 동칠의 옷이 풀어헤쳐지고, 그녀의 입술이 동칠의 입술에 닿으며 비비적거렸다.

억압적인 손짓을 거두고 그녀가 고인 눈물을 훔쳐 내며 말했다.

"내가 위로해줄게요. 그러니 울지 말아요."

그것은 틀림없는 샨의 목소리였다.

※　※　※

동칠이 샨으로부터 겁탈당한 그날로부터 8개월 뒤…….

이제 대륙의 주도권은 신성 제국이 쥐게 되었다.

반란군은 뿔뿔이 흩어졌고, 동칠교의 신도들은 다시 동칠의 덕망 아래 그를 왕처럼 떠받들며 그 밑으로 모였다.

그렇다고는 하나, 역사상 가장 강대한 가문인 동칠 가문을 건드릴 신성 제국이 아니었다.

전쟁의 쓰라림을 겪고 난 이후라 세상은 평온했다.

"어, 스승. 잠깐만."

죽을 날이 오늘내일이라던 이반은 아직도 버젓이 살아 있었다.

삼식이 돌팔매를 맞고 쓰러져 있던 동준을 발견한 건 운명과도 같은 일이었다.

1년 전 그때, 이반이 삼식의 몸에서 빠져나온 직후였다.

"내가 정말 마왕을 쓰러뜨렸어?"

"그렇다."

"스승, 근데 나 왜 이러냐? 큰일 할 때마다 정신을 놓네? 이럼 나한테 홀딱 반했던 아가씨들 얼굴도 기억 못할 거 아냐."

이반은 삼식의 우스갯소리는 받아주지 않고 빠뜨린 말을 전했다.

"단, 저 사람의 도움을 얻었단다."

그의 손끝이 가리킨 곳에 동칠이 있었다. 그 말이 사실이라고 해도 삼식은 아직 동칠을 예전의 형으로 인정할 수 없었다.

짜증으로 뒤범벅된 얼굴을 돌린 곳이었다.

"잠깐만!"

삼식은 그곳으로 득달같이 달려갔다.

피범벅이 된 동준이 쓰러져 있었고, 그것만으로 모자랐는지 날이 시퍼렇게 선 검이 그 목에 놓여 있는 것이 당장이라도 벨 것만 같아 보였다.

삼식은 무리들 위로 껑충 뛰어 동준을 어깨에 걸쳤다.

"나쁜 사람 아니에요."

그러자 사람들이 언성을 높였다.

"나쁜 사람이 아니라니. 이놈이 그 많은 스켈레톤들을 데리고 왔는데!"

그때, 무리들 틈을 비집고 한 사람이 걸어 나왔다.

사태가 급박하다는 얘기에 서둘러 먼저 당도한 데몬이었다.

"이용당한 겁니다. 세뇌라고 보시면 됩니다."

부상을 입은 억울한 사람들 중 어깨를 다친 이가 항변했다.

"증거가 있소?"

"제가 흑마법사입니다. 저희 교단으로 발걸음을 주신다면 증명해 보이겠습니다."

흑마법사 교단은 제국 내에서도 부정적인 시각이 강했다. 특히나 일반 병사들은 떠도는 소문들의 진위도 확인 않고 믿어버리는 바람에 더욱 그러했다.

가면 무슨 일을 당할지도 모른다는 생각에 그는 억울함을 누르며 물러섰다.

데몬이 나섰으나 더 효과가 큰 사람들은 따로 있었다.

"이분께서 그러하시다면 그러한 줄 알아야 할 것이다."

바로 마왕과 악전고투를 치르다 살아남은 소드마스터였다.

그리고 삼식이 점찍어둔 소드마스터이기도 했다.

살아남은 대마법사들과 소드마스터들 모두가 삼식의 손을 들어주었고, 그 결과 동준은 그 지옥 같은 상황에서 벗어날 수 있었다.

당시 삼식은 동준의 주머니에 두둑한 여비를 넣어 보내주었다. 뭐, 두둑하다고 해봐야 삼식의 기준에서 볼 때나 그러했지만…….

예전의 사장을 보는 게 그렇게도 껄끄러운 일이었는지 그때는 분명 외면했었다. 동준은 자신을 구출해준 사람이 결국 누군지도 몰랐던 것이다.

다시금 피골이 상접해진 사장을 보노라니 삼식의 얼굴에 연민의 빛이 스쳐 갔다.

"쩝… 나도 어쩔 수 없는 사람인가?"

삼식은 당당하게 다가가 동준에게 손을 내밀었다.

"여기서 뭐하는 거예요?"

순우리말로 묻자 동준이 놀라 고개를 들었는데, 대상을 확인하고서는 눈이 화등잔만 해졌다.

"사, 삼식아!"

"칠칠치 않게. 얼른 일어서요. 창피하니까."

동준의 눈에 보인 삼식은 귀티가 좌르르 흘렀다.

그 얼굴이 어디 가는 건 아니었지만 값비싼 장신구에 걸친

옷들이 하나같이 비싸 보인 것이다.

 동준은 삼식의 손을 잡고 힘내어 일어섰다.

 그렇게 삼식은 동준, 이반과 함께 그 옛날 마왕과 전투를 벌였던 알타 산으로 이동을 시작했다.

 오랜 시간 떠돌아다니는 것도 지치는 일이었다. 이제는 동칠을 찾아 형, 동생 하며 과거처럼 살고 싶었다.

 이반의 허락하에 그 뒤를 쫓고 있는 시모에르란 까무잡잡한 피부의 여성이 있는 것은 까맣게 모르고…….

❋ ❋ ❋

"응애애~ 응애애~"

"따님입니다."

 산통에 일그러진 얼굴도 막 태어난 딸애를 보고 있자니 펴졌다. 동칠은 웃었지만 아직 그 얼굴에서 어두운 일면을 지우지 못했다.

 가르데일과 데몬이 서로 첫째 삼촌임을 자처하고 나서며 한바탕 실랑이가 벌어졌고, 종업원들은 시드와 더불어 킥킥거렸다.

 뤼테 공작의 허락하에 이제는 데몬의 신부가 된 카롤레나는 곁에서 그 광경을 보며 매우 아이를 가지고 싶어 했다.

 사태를 알고서도 나서지 않겠다고 판단하고 행동한 샐리

스트는 그때의 결정에 후회하지 않았다. 그녀의 힘으로는 별 도움도 못 될 것이었으며, 정령의 입장에서 중립을 지켜야 했기 때문이다.

그래도 저 아기를 보고 있자니 자꾸 새침한 미소가 지어진다.

'뭐, 저 정도로 귀여운 아기라면 보호해줄 생각은 있지.'

율카스는 불과 한 달 전 자신의 봉급을 써서 부종업원으로 둔 자이로를 시켜 산 아래 길드장들에게 이 소식을 전하게 했다.

만천하가 진동한 그 일이 있고 난 이후였음에도 길드장들은 서로 터전을 잡아 알타 산 인근에 보금자리를 꾸몄던 것이다.

한편, 아기의 울음소리에 천장을 바라보며 활짝 웃는 이가 또 있었으니 쉴루스였다.

"이제야 태어났군."

그를 제외하고 그녀가 만드라고라의 환생이라는 것을 아는 인물은 아무도 없었다.

마침

www.mayabook.co.kr

www.mayabook.co.kr

www.mayabook.co.kr